BANANA BRAVA

JOSÉ MAURO DE VASCONCELOS

BANANA BRAVA

NOTAS EXPLICATIVAS DO AUTOR

Sumário

A Literatura de José Mauro de Vasconcelos 7
Apresentação 13
Introito 19

Primeira Parte – GARIMPO

Um Violão dentro da Noite 23
A História de Duas Mãos Perdidas 30
Duas Bofetadas e um Beijo 37
A História de Gregorão 42
Banana Brava 48
Eram Cinco Garimpeiros 54
Cada um Tem a Sua História 59
Praga 63
Dois de menos 70
Impiedade 78
Selva 82
Seu Dioz 91
Garimpo 98
O Rancho de seu Inácio 103
2:500$000 108
A Vingança 113

Segunda Parte – DESTINOS

A Queimada 123
Martinho e Romão 128
Genoveva Mãos de Sino 135
Seu Fabrício 140
Os Piauís 145
Hipólito 149
Um Chute na Cara 152
Gregorão 155
Noite de Lua 160
A Fuga 165
Piranha 172

José Mauro de Vasconcelos 179

A LITERATURA DE

JOSÉ MAURO DE VASCONCELOS

por Dr. João Luís Ceccantini

Professor, pesquisador e escritor
Doutor e Mestre em Letras

A literatura de José Mauro de Vasconcelos (1920-1984) constitui hoje um curioso paradoxo: ao mesmo tempo que as obras do escritor estão entre aquelas poucas, em meio à produção nacional, que alcançaram um número gigantesco de leitores brasileiros – além de terem sido também traduzidas para muitas outras línguas, com sucesso de vendas e projeção no exterior –, não contaram com a contrapartida da valorização de nossa crítica literária. Há, ainda, pouquíssimos estudos sobre suas obras, seja individualmente[1], seja sobre o conjunto de sua produção. Trata-se, com certeza, de uma grande injustiça, fruto do preconceito de um julgamento que levou em conta, quase de maneira exclusiva, critérios associados à ideia de *ruptura* com a tradição literária como elemento valorativo. Uma das vozes de exceção que veio em defesa de Vasconcelos foi a do grande poeta, tradutor e crítico literário José Paulo Paes (1926-1998), que denuncia "a miopia de nossa crítica para questões que fujam ao quadro da literatura erudita", examinando o desempenho do escritor "unicamente em termos de estética literária, em vez de analisá-lo pelo prisma da sociologia do gosto e do consumo"[2].

José Mauro de Vasconcelos, com a linha do "romance social" (frequentemente, também de caráter intimista), que produziu desde a sua estreia com *Banana Brava* em 1942,

1. A exceção é *O Meu Pé de Laranja Lima*, título lançado em 1968.
2. PAES, José Paulo. *A Aventura Literária*: ensaios sobre ficção e ficções. São Paulo: Companhia das Letras, 1990. p.34-35.

prestou um serviço notável à cultura do país, contribuindo de modo excepcional para a formação de sucessivas gerações do público leitor brasileiro. Soube seduzi-lo de maneira ímpar para uma obra multifacetada, que permanece atual, sendo ambientada em diferentes regiões do país e abarcando questões das mais pungentes, sempre segundo uma perspectiva bastante pessoal e impregnada de sentido dialético. Chama a atenção, na visão de mundo do escritor, particularmente, o destaque dado em suas composições à relação telúrica com o meio e certa visada existencialista. Vasconcelos conjuga, em suas personagens, espírito de aventura e vigor físico com dimensões introspectivas; aborda temáticas regionalistas, bem como as de natureza urbana; analisa a sociedade contemporânea segundo uma visão crítica e racional sem abrir mão de explorar aspectos afetivos ou até mesmo sentimentais de personagens e problemas; põe em relevo espíritos desencantados, assim como aqueles impregnados de esperança; debruça-se tanto sobre os vícios como sobre as virtudes dos entes a que dá vida; esses, entre tantos outros elementos, dão corpo a uma literatura à qual não se fica indiferente.

Para uma leitura justa e prazerosa da obra do escritor nos dias de hoje, vale lembrar que a literatura de Vasconcelos precisa ser compreendida no contexto social de sua época, não devendo ser avaliada por uma visão étnico-cultural atual. Se é possível encontrar, aqui e ali, uma ou outra expressão linguística, ponderação ou caracterização que seriam inconcebíveis para os valores do presente, isso não desvia a atenção do valor do escritor e do imenso interesse que sua obra desperta, de visada profundamente humanista.

A reedição cuidadosa que ora se faz do conjunto da obra de Vasconcelos é das mais oportunas, permitindo que tanto os leitores fiéis à sua literatura possam revisitar, um a um, os títulos que compõem esse vibrante universo literário, como que as novas gerações venham a conhecê-la.

Banana Brava costuma ser lembrado, sobretudo, por ser o primeiro romance de José Mauro de Vasconcelos. Reduzir seu mérito a esse aspecto de inaugurador do conjunto considerável de títulos que, ao longo dos anos, comporiam a obra do então jovem escritor – à época, ele tinha apenas 22 anos –, constituiria, no entanto, um grande equívoco. Ainda que a recepção do romance no momento que vem a público tenha sido relativamente tímida, o romancista já apresenta nessa obra, em boa medida, uma amostra do que viriam a ser muitos dos pontos fortes de sua literatura.

Trata-se de uma narrativa empolgante, ambientada no coração do país, que mergulha o leitor no universo brutal do garimpo, na realidade de uma natureza ao mesmo tempo selvagem e fascinante. O autor constrói personagens intensas, aventureiras, por vezes mesmo violentas, que deixam para trás vidas ordinárias ao apostarem alto em sonhos de riqueza e redenção. A partir do tom visceral assumido pelo narrador, o leitor tem acesso à dimensão profundamente humana desses homens rudes, mas que são também surpreendidos em seus momentos de poesia e ternura, em contraste com o meio profundamente hostil em que estão inseridos. Em particular, o autor destaca a cativante relação de amizade que se estabelece entre o jovem garimpeiro Joel (o Menino), desencantado com os valores de sua origem urbana e aristocrática, e Gregorão, garimpeiro de origem humilde e bem mais velho e experiente.

DR. JOÃO LUÍS CECCANTINI

Graduou-se em Letras em 1987 na UNESP – Universidade Estadual Paulista "Júlio de Mesquita Filho", instituição em que trabalha desde 1988. Pela mesma faculdade, realizou seu mestrado em 1993 e doutorado em Letras em 2000. Atua junto à disciplina de Literatura Brasileira, desenvolvendo pesquisas principalmente nos temas: literatura infantil e juvenil, leitura, formação de leitores, literatura e ensino, Monteiro Lobato e literatura brasileira contemporânea de um modo geral. É hoje professor assistente Doutor na UNESP e coordenador do Grupo de Pesquisa "Leitura e Literatura na Escola", que congrega professores de diversas Universidades do país. É também votante da FNLIJ – Fundação Nacional do Livro Infantil e Juvenil e tem realizado diversos projetos de pesquisa aplicada, voltados à formação de leitores e ao aperfeiçoamento de professores no contexto do Ensino Fundamental.

APRESENTAÇÃO

Luís da Câmara Cascudo

Edição de 1944

José Mauro De Vasconcelos nasceu no Rio de Janeiro e criou-se na Cidade de Natal. Continua sendo criado pela vida áspera, tumultuosa e bravia. Em Natal fez o curso ginasial e foi campeão de nado no Rio Potengi. Quando os outros meninos passam, trazendo a malota arranjada por mamãe, para as Academias, Vasconcelos veio fazer o Rio, com a naturalidade de um conquistador quinhentista.

Foi lutando com as armas da habilidade e da resignação. *Boxeur*, ator de cinema, repórter, desenhista, modelo na Escola Nacional de Belas-Artes. Modelo oficial. Seu corpo ficou imóvel nos bronzes, mármores, gesso, fotografado, medido e pago, a pose, a quinze cruzeiros por sessão.

Por esse meio, leu e lê quanto livro encontra. E estuda nas ruas, praças, mercados, fábricas, barracões. Homens, mulheres e crianças de todos os tamanhos foram examinados pela sua observação. Dessa atividade errante nasceu um solidarismo revoltado e cheio de ternura pela diária exibição do panorama da miséria notória e disfarçada. Miséria de barracão, de apartamento, de média às 15 horas, do pão arrancado ao acaso, aos pedacinhos, ensopado de suor, decepção e combate.

A galeria dos motivos ficou sendo soberba de naturalidade, de movimento e de verismo palpitante. Nenhum retoque carece para a exaltação de melhores páginas, essas páginas definitivas que o sofrimento vai ditando aos seus locutores. Vasconcelos, anos e anos, tem sido um desses *speakers* preferidos.

Também o tempo acumulou uma massa documental de conhecimentos que só concede a dois homens inteligentes com o duplo da idade de Vasconcelos. Pintura, escultura, desenho, viagem, nado, danças, declamação, cinematógrafo, vinte outros temas, são sabidos, revirados pela prática e ao alcance do uso e da citação imediata.

Aconteceu também a grande aventura de uma marcha para o Oeste. Trem de ferro e caminhão e depois caminhadas a pé, duzentas léguas, em Goiás, com as várias experiências assombrosas de mata, deserto, solidão e fome. Nove dias perdido. Feridas. Abandono. Rios solitários subidos à força de remo quebrado. Intimidades com os bichos humanos que constroem as cidades grandes do futuro. Medos, valentias, amores, astúcias passaram depressa. O modelo clássico do efebo pindárico foi cantor de *fox-trots* e de sambas nos cabarés garimpeiros. Cantor de poucos dias. Defendendo a boia. Depois, subindo as águas escuras do Araguaia, caminho do ouro e dos diamantes, no reino bruto dos que atiram primeiro.

Depois o regresso, com esse *short course* entre garimpeiros, caçadores, indígenas, no sertão bravo do Brasil. O regresso foi outra campanha de resistência, de obstinação, de querer viver. Como Jack London, Vasconcelos dirá: "Eu sou uma grande aventura".

Não há graça alguma em dizer que Vasconcelos é a síntese da mocidade moderna, da inquietação moça, a geração perguntadeira que apeará milhares de tabus, substituindo-os por outros que serão derribados e substituídos futuramente. O essencial é restituir a esse rapaz a impressão humana de alegria, de tranquilidade interior, de ambiente a que ele tem direito. No meio de tanto livro confortável aparece um volume feito de esforço real, vivido e molhado de suor. Um livro que resume as dolorosas esperanças inúteis, a movimentação estéril de Gulliver, amarrado pelos cabelos pela multidão liliputiana da inconformidade social. Os vinte e três anos de Vasconcelos têm um sentido de intensidade, de extensão, desnorteantes para a geração que sofreu de dentro para fora. Está sofrendo pela observação, pela participação, pela atitude física de ajudar o tempo, puxando-o pela asa para que voe mais depressa.

Não é esse o livro de *bonne* foi como o fez Montaigne, *maire* de Bordéus, farto, feliz e displicente, fugindo de sua cidade quando havia peste e conversando com três Reis de França. A boa-fé deste volume é a verdade de um depoimento positivo, de um relatório de campanha. Campanha sem propaganda e exaltações líricas, mas vencida a pé, com sangue, suor e lágrimas, na feição das promessas de Churchill em troca da vitória britânica. Um livro viril e real, espontâneo em sua força selvagem, em sua veracidade esplêndida, sugestivo pelos próprios erros, que são as denúncias de uma velocidade inicial sem modelos, obediências e correções.

Este livro, desocupado leitor, como dizia Cervantes, retrata, sem requintes, séries de homens e mulheres. Poder-se-ia avisar: "Qualquer semelhança com entidades vivas é mera coincidência". Mas não se diz. Não são coincidências. São elas mesmas, as entidades, as figuras, as fisionomias encontradas e trazidas para aqui. Apenas os nomes foram mudados num rebatismo convencional e lógico.

Todos os valores estão nesse volume. Valores puros, informes, uns, sujos de terra outros. Mas são valores autênticos, apurados numa breve, mas heroica existência de bandeirante sem chefe e de caminhador sem destino cinematográfico. A única e natural maneira de aperfeiçoá-los é confiar no Vasconcelos. Deixem-no viver. Uma grande contribuição do Brasil mental será o seu nome, agora anônimo vencedor das estradas e sertões goianos.

Não veremos um romancista por indução, mas por experiência. Pelo sentido divulgativo de heroico, a expressão moderna da Epopeia, que, como agudamente notava o Sr. Renato Almeida, só pode ser fixada pelo Romance.

Voltando do Oeste, Vasconcelos trazia apenas suas notas num livrinho de vinte centavos, o esquema de um bailado, os personagens pintados, com remédios por não ter tinta, e, no pulso, a marca branca e circular dos carajás, o sinal dos Homens, honra de sua filiação à tribo que o hospedou.

Dos seus meses na Terra dos Homens sem Piedade, nas Terras Ensanguentadas, nos Garimpos onde viceja e jamais frutifica a Banana Brava, veio esse romance, rude, claro, luminoso de verdade natural, de grandeza humana e fabulosa. É a voz que conta a viagem estranha ao Mundo onde ainda vivem os Cavaleiros da Távola Redonda, com um programa sinistro de guerra, morte, abnegação e silêncio. Mundo limitado pelos grandes rios, pelas barreiras altas, pela floresta misteriosa, povoada de sonoridades apavorantes, inexplicadas e envolventes.

Este livro, sem intenção e convenção, ficou sempre novo. Real e absolutamente novo em sua serenidade melancólica de tragédia humana.

Rio de Janeiro, junho de 1944.

Luís da Câmara Cascudo

INTROITO

Um dia, saí pelo sertão adentro à procura de uma vida diferente.

Deixei o meu coração parado à sombra de uma árvore, aguardando ansioso a minha volta, e caminhei. Caminhei sem parar.

O sol tostou-me o rosto e as mãos.

Percorri muitas estradas empoeiradas, silenciosas e longas.

Esqueci-me do que se chama tempo e espaço, para perder-me na realidade da distância. Só havia distância...

Um cansaço enorme apossou-se do meu corpo...

Só então encontrei os Homens sem Piedade. Homens que têm um coração trágico, alimentando uma vida muito mais trágica.

Homens que desconhecem a piedade para os outros e para si próprios.

Vi, ouvi e vivi suas histórias. Voltei triste e procurei meu coração, que me aguardava ansioso à sombra da mesma árvore.

Resolvi contar a história dos Homens sem Piedade.

Não a descrevo nem com tinta, nem com sangue. Apenas

uso o suor dos meus sofrimentos e canseiras, dissolvido na poeira das minhas caminhadas. Na poeira que levanta aos passos dos Homens sem Piedade na sua marcha de sonâmbulos para os seus remotos Eldorados. Na poeira que somos todos nós.

Pois tudo é pó.

Peço perdão aos que me lerem pela linguagem rústica dos meus personagens. Essa linguagem, tantas vezes brutal, foi colhida ao vivo nos gerais distantes. Modificá-la, suavizá-la com eufemismos ou circunlóquios seria trair a realidade.

O que escrevo não é meu, é da vida. Apenas copio a vida. Reuni fatos que ocorreram, pessoas que viveram ou ainda vivem e modifiquei apenas os nomes, para não criar complicações, desgostos ou dificuldades a ninguém. Os personagens são tão reais que nem sequer poderei empregar a advertência vulgar dos filmes: "Qualquer semelhança com pessoas ou fatos é mera coincidência". Entrego o meu esforço e a minha boa vontade ao critério do público.

E àquele que achar que eu minto, peço somente isso: Vá ao garimpo, veja, volte e diga.

Primeira Parte

GARIMPO

Capítulo Primeiro

UM VIOLÃO
DENTRO DA NOITE

Havia apenas a luz de uma lamparina e muito cheiro de cachaça.

Gregorão emborcou o copo cheio de pinga, deu uma cuspida de lado e pediu mais. Os olhos mortos dos garimpeiros observavam Gregorão e aguardavam que ele contasse o resto.

– Então que foi que teve?

– Nada. Comigo nada. Se tivesse assucedido arguma coisa eu estaria lá por aqui. Véio! Eu tenho o corpo fechado. Bala aqui num entra não. Que me porteja meu padrinho Padre Cícero e o meu Santo Antônio da Cascata. Mais o troço foi feio mesmo. Pulícia por todo lado. Parecia inté sanharó[1] quando dá em frente de porta...

– E que é que tu feiz?

– Puxei o cospe-fogo da guaiaca[2]. Resguardei o corpo no vão da porta. Apertei o gatilho e foi teco, teco, teco, teleco teleco, aliás mais um t-e-c-o. Puliça espaiou por toda a parte,

1. Espécie de abelha.
2. Cinturão com cartucheira, que possui dentro uma bolsa de guardar dinheiro.

por toda banda. Puliça é assim mesmo, abasta ouvi o grito do rompedô e zás, se some no mundo. Aí eu aproveitei o chamego[3] e abri a unha no mundo. Nunca mais vortei à Baliza. Vim descendo rio abaixo. Quando dá fé, Deus há de portegê esse seu fio e, um dia quarqué desse, vorto lá.

– E quanto tu matou?

– Bem uma meia dúzia de quatro ou cinco.

– Mentindo outra vez, Grego?

Todos se voltaram para a porta. Joel estava parado de braços cruzados e fitava Gregorão.

– Da outra vez, você contou ali no boteco do Zeferino que eram quatro. Que mania triste de viver mentindo, Grego!

– Ora Menino! Tamém chega bem na horinha...

– Então, vamos embora pro barracão. São dez horas.

– Eu ainda vou ver umas coisas no cabaré.

– Qual cabaré, qual nada. Você vai é já para o barracão. Não vê, Grego, que eu não vou deixar você ir para o cabaré numa pinga desta. Vamos e é já. Já vivo farto de viver pedindo ao delegado que o solte. Em todo garimpo é esse inferno.

Gregorão obedeceu. Por um momento tentou relutar. Meteu a mão no bolso, tirou uns níqueis e pagou. Ninguém disse nada. E quem era besta de dizer? Gregorão que destampava cerveja com os dedos! Gregorão que trabalhava na picareta ou na pá com uma só mão...

– Vamos logo, Gregorão. Estou com sono e amanhã temos que pegar naquela areia manteiga[4] o dia inteiro!

– Que areia manteiga. Aquilo é bestera!

– Bestera para você que tem raça de marroeiro[5]... Vamos logo.

---

3. Termo nordestino que, carregado para o garimpo, assume o sentido de barulho, briga, confusão.
4. Areia movediça.
5. Macho do gado marroá. Geralmente é o boi mais forte da boiada.

Os garimpeiros olharam para o Menino que continuava de braços cruzados, impassível. Olharam para Gregorão. Sabiam que Gregorão ia obedecer. O Menino era a única pessoa a quem Gregorão atendia. E Gregorão que tinha um ABC enorme, que carregava morte nas costas, obedecia ao Menino como se fosse uma criança grande. E de fato o era. Uma criança grande fazendo travessuras grandes. Brincando com revólveres e facas.

– Entonce, pra vosmicês, boa noite.

– Boa noite.

O rapaz míope do balcão comentou:

– Eta sujeito macho!

– Qual dos dois?

– Home, agora é cumo quem lá diz[6], vancê atrapaiou-me.

– O fato é que aquele Menino é quem sarva sempre Gregorão.

– Mais pra mim, eu penso que esse Gregorão fala cumo jacamim[7]. Sem sabê o que tá falando.

– Quê, rapaz! Nem deixa ele ouvi isso. Aquilo é cabra ruim que só tem bofe.

– Se bem que fala maior faz.

– Eu também já ouvi contá coisas marma dele. É um sujeito inté bom. Mais quando bebe e se afoba, num hai nada que arresista...

Lá fora a noite é bonita.

Há uma voz que canta ao violão. Uma cantiga apaixonada dentro da noite; são as coisas do garimpo. Garimpo – resumo da ilusão.

Há sempre uma mulher vagabunda, sem culpa de ter nascido para vagabunda, fumando cigarro, encostada na esquina. Um homem há de passar. Um homem que lhe pague

6. Frase excessivamente regional e pitoresca.
7. Pássaro negro, semelhante à graúna, que consegue repetir o que se ensina.

bebida, que a leve para a rede, machuque seus seios com as mãos calejadas e lhe dê uns cobres miseráveis.

Há sempre um violão gemendo dentro da noite.

O baralho sebento a ensebar outras mãos calejadas. Há um que tenha bamburrado[8], dando tiros, pagando bebidas e dando seda para as mulheres. Há outro que morre na tasca, queimando os pulmões de tanta tosse. Aquele também já bamburrou. Deu muitos tiros, rasgou muitas sedas, emborcou muito copo. Hoje...

Mas o garimpo, pai da ilusão, só protege a quem gasta tudo o que ganha. E quem muito gasta é porque muito ganha. E quem muito ganha, fica escravo do garimpo por todo o resto da vida que Deus lhe der...

Não se é o caso do Gaiero. Cada mês, acha uma pedra de 25:000$000[9]. Cada mês compra uma besta selada, dois revólveres de cabo de madrepérola e sai dando tiro, dando seda para as mulheres, pagando bebida para os homens. Para ele há uma semana de fartura. Depois... vende a besta, os revólveres, as botas. E volta para o cascalho, até encontrar nova pedra. Um dia, para ele que não teve piedade do dinheiro, a sorte irá embora. Ele sabe disso. Ou a tosse balançará a sua rede na barraca, ou os seus braços cairão cansados de tanto lutar.

Mas é assim mesmo.

A noite é bonita. Há um pedaço de lua, que já começa a ficar grávida no céu. Há um violão apaixonado dentro da noite.

Joel caminha ao lado de Gregorão. Vão em silêncio.

Joel vai pensando. Amanhã eles vão para a areia manteiga, o suplício do garimpo. Quando o garimpeiro topa com uma barreira de areia manteiga, não pode parar nem para almoçar. A peneira se agita, os braços tremem de cansaço. A peneira e a pá não descansam. Ai, que suplício!

---

8. Encontrar uma pedra de grande valor; ter sorte.
9. Vinte e cinco contos de réis.

Pobre de quem parar: a areia deslizará, soterrando o infeliz. Somente quando o perigo é passado, eles param. Às vezes jogam-se exaustos no chão, cobertos de areia e molhados de suor, fazendo do corpo uma poça de lama. E aquela poeira constante enchendo e calejando os pulmões. Quando não caleja, provoca a tosse, a dor do lado, a pleurisia... Joel ia pensando nisso tudo. Nessa semana, já haviam topado com duas barreiras de areia manteiga. Ele cansava-se, esgotava-se monstruosamente. Mas o Grego nem sentia. Para aqueles braços de guindaste, aquilo nada significava. De noite ainda saía pelas bodegas, destampando garrafas com os dedos. E quando eram só as garrafas... tudo ia bem. Entretanto, se ele bebia e danava-se a destampar cabeça de gente, era o diabo, acabava nas grades. Lá ia o Menino conversar com o delegado. Pedir a soltura do Grego, pagar fiança. Falava duramente e Gregorão escutava. Escutava e prometia. Muitas vezes foram postos para fora de outros garimpos.

Iam calados. Atravessaram um beco da corrutela[10]. Gregorão pegou no braço do Menino.

– Você tá zangado?

– Eu, não, Grego. Estou é cansado.

– Amanhã você descansa mais. Eu pego na areia manteiga por você.

– Não, Grego, não é a areia manteiga que me deixa assim. É você. É essa eterna inquietação que nós vivemos. Cansado de tomar conta de você. Cansado de tanta briga, tanto chafurdo[11] e de tantas promessas que você faz e não cumpre...

– Menino, eu sei que não presto... Mais num briga cumigo não...

10. Nome dado aos pequenos garimpos, ainda de pouca fama e que não merecem o nome de cidade.
11. Encrenca.

Havia tanta humildade naquela voz que Joel teve pena.

– Tá bem, Grego, por hoje passa...

– Se eu lhe dissé uma coisa, você não briga?

– Bem, vá lá.

– É que eu... perciso... ir no cabaré...

– Fazer o quê?

– Cira mandou me chamar.

– Escuta, Grego. Dagora em diante, você pode ir para onde quiser. Mas se cair nas grades... Fique por lá mesmo. Eu é que já ando com a cara amarrotada de tanto falar com o delegado. Vai logo. Que é que está esperando?

– Tá bem, Menino. Não briga cumigo não. Eu não vou não.

– Por mim, pode ir.

Continuaram no caminho. Chegaram ao barracão. Joel sentou-se na rede. Gregorão, ainda cambaleando, procurou a sua rede: Joel levantou-se, encendeu o fogo, botou água para ferver. Ia fazer café, ia melhorar o pileque do Grego. Por mais que se zangasse, acabava perdoando. Trouxe a lamparina para perto da rede do Grego.

– Suspende a perna.

Gregorão obedeceu. Tirou-lhe as botas. Acocorou-se perto do fogo, coou o café, encheu a caneca do Grego.

– Toma, bebe que faz bem, está sem doce. Isso. Agora veja se dorme.

Apagou a luz, soprando a lamparina. Deitou o corpo cansado na rede e balançou.

Gregorão mexeu-se na dele.

– Menino...

– Hum?

– Você tá zangado comigo?

– Bobagens, Grego. Já passou.

– Eu queria lhe dizê... que...

– Já sei. Que você tem vontade de não fazer mais...

– É sim.

– Tá bem, amanhã nós conversamos. Amanhã é sábado, nós vamos dançar no cabaré.

– Tá bem. Boa noite.

– Que Deus lhe dê juízo! Criança grande! – Joel sorriu.

Olhou para o céu. O Grego roncava. Lá fora a noite estava bonita. E ainda havia um violão gemendo dentro da noite.

Capítulo Segundo

A HISTÓRIA DE
DUAS MÃOS PERDIDAS

O frio da manhã soprava como sempre, o vento começou a despir as nuvens do céu. Um galo cantou ao longe, espreguiçando as asas. As nuvens varreram as estrelas que cochilavam no céu. Do outro lado, no nascente, o céu começou a tingir-se de vermelho, como se a noite, cortesã insaciável, contasse uma anedota imoral e enrubescesse as faces virgens do dia que acordava. O sol surgiu. Deu bom-dia para a vida e beijou as folhas das árvores, respingadas de orvalho.

Gregorão levantou-se. Espreguiçou-se, abrindo e fechando os braços de gigante, sacudindo a rede de Joel.

– Menino, já é meio-dia.

– Você já fez o café? Eta, frio danado! Estou com o peito gelado.

– Menino, você tem que deixá essa mania de durmi sem camisa. Cum o frio que tem feito, essa tosse do garimpo pode lhe pegá.

– O diabo é que, se durmo com camisa, fico cansado como se tivesse uma barreira de areia manteiga no meu peito. Se tiro a camisa, me mexo durante o sono e fico descoberto.

– Eu me levantei duas vezes para lhe puxá as coberta. Epa, sono danado.

– Eu não vi nem senti. Estava moído.

– Menino, você fica oiando se a água se esquenta. Eu vou lavá o rosto no corguinho.

– Vai depressa que eu também quero ir...

Pouco depois já estavam de café tomado. Apanharam as pás, as bateias e saíram para o batente. No caminho Joel começou:

– Como é, Grego, eu ontem estava um bocado chato, não?

– Quá! Eu é que estava um bocado chamado.

– Você quer saber de uma coisa, Grego? Se às vezes eu falo duro com você não é por mal.

– Eu sei disso.

– Mas é que você bebe e começa a falar demais. Ontem você já estava a falar do caso da Baliza...

– É que eu gosto muito daquele causo mesmo.

– Está certo que você goste. Mas é perigoso... A polícia é que não gosta. Até agora, nós vamos tão bem por aqui. É preciso ao menos a gente demorar dois meses neste garimpo.

– É preciso mesmo.

– Pois então. Se você começa a falar e a polícia abre um inquérito...

– Aí nós tem mesmo que abri a unha.

– Sem necessidade. Porque nós aqui temos tido sorte. Mas você fala demais. Você sabe, Grego, que língua enforca mais do que corda?

– É. Quando dá fé, é mesmo.

– Então, veja se não fala demais.

– Mas é que eu me esqueço.

– Você, Grego, é gozado. Eu tenho que pensar por mim e por você.

– Mas na hora da briga você pode contar comigo...

– Tem uma coisa, meu velho. Assim que eu pegar uns 10 contos, vou-me embora. Não quero mais saber de garimpo.

– Farta muito pouco então...

– Agora que você está no seu juízo, vamos combinar uma coisa. E note bem que não estou zangado nem um pingo.

– Entonce diga.

– Mesmo que não faça os 10 contos... Eu estive pensando... Vamos combinar uma coisa. Eu... se... Bem... Era que...

– Que é isso, Menino? Tá cum medo de falá?

– No primeiro barulho que você se meter, eu vou-me embora, rio abaixo.

– Tem corage de abandoná assim o amigo?

– É preciso que você compreenda. Eu não dou para esta vida. Isto é uma ilusão. Vou fazer 23 anos. Há três anos que estou escravizado nesta droga.

– É mesmo. Três anos. Eu faiz tanto tempo que vivo pangolando[12] nesta vida que nem sei mais viver de outro feitio.

Gregorão ficou triste. Aquele menino era quase um filho. A única pessoa que conseguira despertar um pouco de afeição naquele coração sem piedade...

– Mas que é isso, Grego, ficou triste?

Bateu no ombro do amigo.

– Não há de ser nada. Vamos enfrentar o duro e de noite vamos dançar. A Cira está lhe esperando.

O dia inteiro remexeram as pás e picaretas. Os dorsos nus de ambos, queimados pelo sol, molhados de suor, estavam insensíveis às picadas dos mosquitos. O Grego não tinha vontade de conversar. O Grego estava triste. Sabia que ia perder um amigo. Seu único amigo; mais do que isso, quase seu filho.

Antes de largarem o trabalho, um pretinho aproximou-se.

– Seu Gregorão, D. Cira mandou lhe pedi 500$000.

O Grego já ia apanhar na guaiaca. Joel fuzilou de raiva.

---

12. Andar de um lado para outro, vagar.

– Olha, você volta e diz a essa vagabunda que seu Gregorão não manda, que eu não deixo. Que se ela quiser venha buscar comigo. Não mande recado.

Gregorão coçou a cabeça. Joel continuou, virando-se para o Grego.

– Que baiana safada de merda! E você, como uma besta, mandando. A gente se mata nesta porcaria e você não se incomoda. Você precisa ter piedade do seu corpo.

– Mas eu trabaio pra isso.

– Não. Não é não. Você sabe que não é. Você pensa, Grego, que esta picareta ou esta pá vai ficar sempre leve em suas mãos? Um dia isto pesará. E você ficará como o Chico Funil, velho, acabado, pedindo comida, vivendo da caridade dos outros.

– Não diga isto que é triste.

– Mas é a verdade.

O resto do dia passaram sem nada dizer. Retornaram quando o sol descia. Caminharam para o córrego.

– Como é, Gregorão, você parece que não está com fome?

– Um bocado.

– Pois eu estou lascado. Vamos pegar a jacuba[13] com a gororoba[14]?... Pras 8 horas, a gente ir dançar.

– Eu não vou dançar.

– Hoje não é sábado? Você está doente, marroeiro?

– Não. Mais não tou cum vontade.

– Xi! Está ficando velho...

Comeram em silêncio. Deitaram na rede, fumando...

– Como é, Grego, vamos?

– Não vô não.

– Por quê?

– Mode nada.

13. Mistura de rapadura com farinha, limão e água.
14. Feijão, mas, em certos lugares, toma o sentido geral de refeição.

– Você parece que levou a sério aquilo que eu lhe disse de manhã... mas é bobagem. Eu nunca mais sairei do garimpo. Estas mãos estão perdidas...

Gregorão olhou espantado para as mãos espalmadas do amigo. Joel olhou para as mãos. Era a segunda vez que olhava para as suas mãos perdidas...

E lembrou-se... Lembrou-se de um segredo que nunca falara a ninguém... Lembrou-se daquela tarde...

...Um palacete em Laranjeiras... Um jardim cheio de rosas. Repuxos... Caramanchões... Na sala de visitas, em cujas paredes vegetavam os retratos da família. Em cujos pedestais pousavam jarros de porcelana e estatuetas de Saxe. Os tapetes cobrindo o assoalho. Tapetes em que rolara desde criança... Um piano ao lado... Naquela tarde. Naquela sala. Mamãe fazia tricô. Ele estudava piano... Parou de repente, ela levantou os olhos.

– O que há, meu filho?

Joel continuava com as mãos espalmadas sobre as teclas. Tinha o olhar alucinado. Levantou-se e foi até perto da poltrona de sua mãe.

– Mãezinha, você vê estas mãos?

– Claro, meu filho.

– E o que acha delas?

– Mãos lindas, mãos de artista: dedos longos, mãos esguias, exprimindo sensibilidade...

– Pois eu acho-as horrendas e vou perdê-las.

– Que se passa com você, meu filho?

– Nada, Mamãe, não quero mais estas mãos. Odeio-as. Se pudesse, eu as cortaria. Ainda está em tempo; vou transformá-las.

– Meu filho, não diga asneiras...

– Mamãe, olhe-me bem. Que é que você vê em mim?

– Vejo você, meu filho. Um rapaz alto, bem-proporcionado...

– Não, Mamãe. Você está vendo apenas um corpo escravizado por duas mãos.

– Meu filho, você parece que está louco...

– Não, mãezinha. Estou certo, certíssimo do que eu quero. Vou libertar-me. Já tenho 18 anos. Os rapazes da minha idade são fortes. Têm mãos fortes. Corpos musculosos. Remam, fazem qualquer esporte. Eu, não, meus braços são de seda. Minhas lindas mãos de artista não passam de mãos afeminadas.

– E que pretende fazer?

– Darei meu último concerto no dia 13. E fecharei o piano para sempre.

– Pensou bem no que disse? Pensou no desgosto que seu pai terá?

– Até agora só vivo a satisfazer a vontade de papai. Chegou a vez de satisfazer a mim próprio.

– Meu filho, seu destino está em suas mãos. Se o seu coração assim o deseja, faça. Mas desde já é preciso que você saiba. Todas as vezes que eu limpar as teclas do piano abandonado... você descerá uma tecla no meu coração.

– O amor que você me tem é proporcional ao piano... nunca pensei que você fosse tão egoísta, Mamãe...

– Mas você dará o seu concerto? Pelo menos, se você não tem fibra de artista, saiba cumprir com a sua palavra de homem.

– Eu darei, Mamãe. Tocarei como nunca toquei em minha vida. Tocarei para você e papai o meu último concerto.

E o dia 13 chegou. À hora do jantar, o pai e a mãe estavam do mesmo jeito.

– Vocês não se aprontam para o meu concerto?

– Ouviremos pelo rádio. Felicidades.

– Vão perder o meu melhor concerto...

E ele se foi. O Municipal estava repleto. Toda a crítica musical do Rio estava presente. Ele tocou. Tocou como jamais o fizera. Dava a impressão de que aquelas mãos entravam música adentro, transformando-as em sinfonia... Tocou para as paredes. Para a plateia vazia: o seu público era o seu pai e a sua mãe. E eles não estavam. Retornando a casa, soubera que o rádio nem sequer fora ligado...

...Um palacete em Laranjeiras... Um jardim cheio de rosas. Repuxos... Caramanchões. Uma sala de visitas, em cujas paredes havia vasos de porcelana e estatuetas de Saxe... Um piano abandonado... e duas mãos perdidas...

– Cumo é, Menino, s'isqueceu de ir ao cabaré?

– Não, hoje não vou. Fico conversando com você.

– E que negócio de mãos perdidas foi aquele?

– Maluquice, Grego. Maluquice! Você já viu um piano?

– Não.

– Pois você é um homem feliz...

Capítulo Terceiro

DUAS BOFETADAS E UM BEIJO

Domingo. Ninguém trabalhou no garimpo. É o dia de Deus. Somente o comércio abre as suas portas. Os garimpeiros metem a sua melhor calça. Calçam as botas ou sandálias. Batem pernas pela rua, levantando uma poeira ininterrupta. Vão de boteco em boteco. Comem doce de gergelim. Bebem pinga de todo o jeito, convidam todo mundo e aceitam todo convite. É o dia de Deus, ninguém trabalha. Dia de Deus e da polícia. O melhor dia para a pensão da cadeia melhorar dos seus hóspedes e alugar os seus quartos de janelas cruzadas...

Na rua, se passa um curau[15], ouvem-se piadas. E às vezes é um pobre diabo carregando um bucho[16] nas costas, trazendo nos olhos a fadiga da caminhada e, nos pés, a poeira das estradas empoeiradas, silenciosas e longas.

– Olha esse bucho, nego!

– Tá estropiado, nego?

15. Mingau; porém, no garimpo significa novato, forasteiro.
16. Saco de viagem que se traz nas costas.

Às vezes, por uma piada destas, assassinam um. Sai tiro...
Nem todo cabra que chega tem bofe de aguentar ser gritado.
Se é um tipo maludo, a coisa fica preta. No caso do velho
Rogério, foi assim. Felizmente finalizou sem matança.

O velho Rogério, capenga de uma perna, vinha montado
numa égua tão velha e capenga como o dono. Vestia roupa
de tropeiro, trazendo sobre a camisa a guaiaca e sobre a
guaiaca um revólver HO. Ia passando. Vinha chegando. Ele
e o animal estavam magros. Era um molambo sobre outro.
Ouviu-se uma piada.

– Nego, essa égua é tua parenta?

O velho criou sangue. Os olhos faiscaram como coivara[17]
queimando em noite sem lua. Meteu os pés de banda. Saltou
da égua velha, capengou para donde viera a voz, como se
fosse um curraleiro caxingó[18]. Sacou do HO, rodou no dedo
com uma destreza inesperada, fitou cara a cara todos os homens em círculo e perguntou:

– Qual foi o fio da puta que me gritou?

Ninguém respondeu. Sabiam que a bala comia na certa.

– Não há home macho por aqui?

Novo silêncio. O velho Rogério cuspiu no chão, passou
o pé.

– Cambada de xibungo[19]!

Rodou nos calcanhares. Trepou na égua velha e lá se
foram, tropegamente. Era um molambo sobre outro.

Domingo é o dia de Deus e da polícia. Joel foi passando,
levantando poeira e carregando o cigarro de palha, apagado,
no meio do beiço. Ouviu um psiu. Voltou-se, era Cira.

– Vem cá, coisa ruim!

– Que é que você quer, cadela com fome?

17. Fogueira.
18. Pessoa ou animal que manqueja.
19. Termo baiano para qualificar o pederasta.

– Você ontem mandou um recado para mim, não foi?

– Foi.

– Pois eu preciso falar muito com você.

– Se é dinheiro, desista.

– Só aceito dinheiro dos meus homens.

– E você ainda encontra homem?

Cira engoliu a ofensa calada. Era uma injustiça contra a sua mocidade, contra o seu corpo moreno, contra os seus seios duros e ancas roliças. Tornou-se humilde.

– Vamos até o meu quarto. Não adianta a gente discutir aqui. Por qualquer coisa eu vou para as grades... Uma mulher como eu não tem nem o direito de se defender.

Joel ficou com pena, mas nem assim deixou de ser cruel.

– Pois vamos. Lá tem muita pulga?

– Até agora você ainda não dormiu lá...

Entraram. Um quarto pobre, uma rede. No canto, uma mesa com um pano desbotado. Um espelho encostado, da mesa para a parede. Vidros de perfume barato e Brilhantina Royal Briar. Um quarto de biraia[20] como são todos os quartos de biraia. Ou ricos ou pobres, conservam sempre a fetidez de *bas-fond*. Adivinhava-se que por trás da mesa havia uma bacia esmaltada de beiras descascadas...

– Sente-se.

– Estou bem de pé. Minha demora é rápida.

– Aceita um cigarro?

– Pensei que você só fumasse cachimbo...

– Escute, Joel, por que você me ofende desse jeito? Que mal lhe fiz eu?

Joel não respondeu.

– Por que você me evita?

– Para mim, você é apenas uma cadela filha de outra.

---

20. Termo vindo do sertão de Pernambuco e que qualifica a mais baixa classe de prostituta.

– Não. Eu sou puta. Pode chamar-me assim. Mas não ofenda minha mãe. Ela... não era... como eu.

– Não me interessa. Foi pra isso que me chamou?

– Não. Eu ontem mandei pedir 500$000 ao Grego...

– Grego, uma merda! Dobre a língua, Gregorão! Só quem pode chamá-lo de Grego sou eu.

– Pois seja. Por que é que você se mete na minha vida?

– Na sua vida, sua lambida? Você pensa que poderá explorar o Grego dessa forma? E que eu vou deixar? Mande-me 100$000! E o bobo manda. Mande-me 500$. E lá vêm os 500$. E o pobre que se mate na labuta para satisfazer a uma vagabunda. De hoje em diante, acabou-se. Você não tirará um níquel do Grego.

– Você acha assim? Acha que eu exploro o Gregorão? E você? Todo mundo sabe que ele trabalha para você! Que você monta nas costas dele e guarda os lucros de ambos...

Joel estremeceu de raiva.

– Quenga[21] de bosta! Você sabe que se não fosse eu, o Grego não saía das grades. E essas mãos calejadas de que são?

– De juntar as notas dele.

As mãos fortes de Joel subiram e descarregaram sobre o rosto de Cira. Ela cambaleou. Encostou-se na porta. Levantou a cabeça. Um laivo de sangue descia dos seus lábios. Duas lágrimas molhavam-lhe os olhos verdes. Havia em cada lado da sua face morena a marca de quatro dedos. Nas mãos trêmulas um revólver apontado para o peito largo de Joel. Ele avançava aos poucos, em direção dela.

– Se você avança, eu atiro como num cão... – Ele avançava.

– Atire, cadela.

Aproximou-se. Ela estremeceu... O revólver caiu da mão frágil, apertada por dedos de aço. Joel levantou a bonita cabeça que tombara, olhou os olhos molhados.

---

21. Sinônimo de prostituta.

– Você me perdoe.

Ela soluçou sobre o peito largo de Joel. Começou a falar, como se agonizasse.

– Você é um bruto! Um burro! Pensa que eu quero o dinheiro de Gregorão. Não, não quero. Você sabe que eu quero é você. Não quero dinheiro. Pensa que eu me entrego ao Gregorão somente pelo prazer? Nem uma mulher faria o que eu faço. Nem mesmo outra puta. Você não vê que Gregorão é um monstro? Que me martirizo com ele somente para aproximar-me de você?

Calou-se. Estava mais calma. Continuou.

– Se mandei pedir os 500$, foi na esperança de que você se zangasse e viesse me pedir satisfação. Ou mesmo me bater. Mas você não veio, precisou que eu lhe chamasse... Você é um burro!

Joel levantou de novo aquela cabeça que tombara, humilhada pela confissão. Limpou com os dedos as lágrimas daqueles olhos verdes. Com o punho da camisa tirou o laivo de sangue daquele rosto, beijou as faces, tentando apagar a mancha de quatro dedos.

Cira arfou de emoção. Joel então esmagou aquele corpo nos seus braços. Comeu aqueles lábios que pediam beijos.

– Fica comigo.

– Olhe, Cira. Eu vou ficar com você até desaparecerem de seu rosto as marcas dos meus dedos. Depois, adeus. – Tirou a camisa, mostrando o peito enorme. – Você é mulher de Gregorão. Ele é meu amigo. Vou-me embora, vou sair deste garimpo.

A rede balançou. Pouco mais não havia marca nem de dois beijos, nem de duas bofetadas.

Apenas era domingo. Dia de Deus e da polícia. Ninguém trabalha. Dia de Deus.

Capítulo Quarto

A HISTÓRIA DE GREGORÃO

Gregorão deitado na rede, olhava Joel, que se despia. O Menino agora estava um homem. Dobrado, braços queimados, musculosos. Dorso cheio de nós. Bem diferente daquele Menino esguio que ele encontrara.

Joel virou-se.

– Tem um cigarro, Grego?

– Tenho. Tá triste, Menino?

– Grego. Sabe do que mais? Eu vou-me embora. Não posso mais com essa vida.

– É. A vida é dura. O serviço é macho.

– Talvez eu vá para outro garimpo...

– E num me convida?

– Não.

– E que foi que eu fiz? Nunca mais bebi... Nunca mais fui preso...

– Há uma coisa... Cira.

– Que é que tem Cira?

– Eu andei domingo com ela.

Gregorão ficou apatetado. O Menino... com Cira. Era possível isso? Era. Todas as mulheres ficavam caídas pelo Menino. Mas não se zangou. Não podia se zangar com o Menino.

– Só vai por isto?

– Você gosta dela... e eu também. Evitei o mais possível. Mas domingo...

– Num hade sê nada. Ela é uma puta. É de todos.

O resto da noite ficou o barracão sombrio. Em silêncio. Gregorão pensava magoado. O Menino e Cira. O Menino... que devia ser como seu filho. Transportou-se vinte anos atrás. Em Corumbá. Corumbá. Onde ele, moço e forte como um touro... A sua oficina. Passava o dia acompanhando o trabalho com a sua voz de gigante. Depois ia para casa. Lá estava a sua mulher. Celina. Bonita. Cheirosa. Sua. Somente sua. O filho engatinhando – Carlinhos. Trepando nos seus joelhos e chamando-o de: Papai. Aquela cabecinha loura cheia de cachinhos. Carlinhos hoje, se não tivesse morrido, devia ter 22 anos. Gregorão nesse tempo era feliz. Um dia... Celina foi com outro. Levou Carlinhos. Nunca mais viu o filho, nunca mais. Meteu-se no garimpo. Gerais adentro. Criou fama, matou gente, apanhou diamante, gastou dinheiro, comeu cadeia. Criou fama; ganhou o maior ABC. E era um ABC respeitável. Bastava a sua fama de destampar garrafas com os dedos. Um homem como Gregorão ia criar lenda nos garimpos. Sua história ia ser contada na boca dos cantadores nas noites de cururu[22]. Gregorão tinha um ABC. E era um ABC respeitável. E apesar disso as duas mulheres de que gostara... para que falar? Haviam-no traído. A Celina levara até o seu filho – o Carlinhos de cabecinha loura, encacheada. Agora, a Cira o trocava pela pessoa do Menino. Se fosse outro homem, ele mataria. Apertaria o pescoço até que a língua saísse boca afora... Sentiria prazer em ver as

22. Desafio comum em certa parte de Mato Grosso e em todo o estado de Goiás.

vértebras estalando entre os seus dedos nodosos. Mas era o Menino. O Menino que era como o seu filho. Lembrou-se do dia em que o encontrara... Estava em Cacinunga há três anos. Naquele dia não trabalhara. A ressaca da noite passada fora tremenda. Pelo meio-dia sentara-se no boteco do seu Isaías, com um copo de pinga defronte, no balcão. O ar estava quente e abafado. Ninguém andava pelas ruas empoeiradas. Nisto entrou um rapaz alto, queimado do sol, fisionomia cansada e emagrecida... Aquilo era gente de fora, na certa... O rapaz encostou-se do outro lado do balcão. Falou com voz sumida.

– Moço, por quanto o senhor me bota uma xícara de café, com um bolo, daqueles amarelos?

– 1$200.

– O senhor não faz por 1$000?

– Não! Só 1$200.

– Quanto é um bolo?

– $500.

– Então o senhor me dá dois bolos e um copo d'água. Puxou uma moeda de mil-réis do bolso, a última moeda. Jogou-a sobre o balcão e alisou os cabelos louros, encaracolados. Gregorão teve pena. Carlinhos devia ser um tipo assim. E talvez estivesse em situação idêntica. Quis entrar em contato com o rapaz, que ainda não se apercebera de sua presença. Neste momento Luís da Bicuda entrou no boteco e postou-se no meio do balcão, arrastando uma mulher pelo pulso.

– Tu hoje, Nega, vai beber à minha custa.

E soltava grandes gargalhadas de bêbado costumeiro. A mulher emborcou a pinga, dando estalos na língua. Ela divisou Joel no canto do balcão. Chegou perto dele...

– Agora tu, mofino, é quem paga uma rodada pra mim.

– Dá o fora. Eu não tenho dinheiro.

– Deixe de ser miserável.

– Ora, não chateia. Estou quebrado, já disse.

Luís da Bicuda ficou furioso. Bateu com o punho no balcão, derrubando os copos. Puxou a faca e colou-a na barriga do rapaz que o fitava, impassível.

– Seu branquinho de poia[23]. É assim que se trata uma mulher-dama? Arretira depressa o que disse, senão eu te furo a tripa.

– Fura logo.

Gregorão levantou-se e deu um safanão no ombro de Luís da Bicuda, que a faca foi para longe.

– Deixa o Menino de lado. Tu num te avexa de sê covarde?

Empurrou o homem porta a fora. Depois pegou na biraia, meteu-lhe o pé na bunda. Luís da Bicuda voltou-se para Joel e ameaçou:

– Eu te pego, praga suja!

– Se tu toca no Menino eu te arrebento!

O Menino examinava o homem que o defendera. Era um Hércules; talvez, o homem mais forte que já vira. Sorriu um sorriso triste de agradecimento.

– Tu teve medo, Menino?

– Não, senhor.

– Aquele cabra é cagão. Só bole com os fracos.

– Eu não sou fraco.

– Você não é medroso, mais tá fraco, Menino.

Virou-se para seu Isaías.

– Bota café pr'esse menino. Tráiz daqueles pastel, acolá.

Dirigiu-se para Joel.

– Tás cum fome não?

– Muita.

– Há quanto tempo faiz que tu num come?

– Dois dias. Isto é, tenho comido bolo com café.

23. Fezes.

– Isto num é comida de gente.

O Menino deu de ombros evasivamente.

– Que é que tu faiz aqui?

– Vim trabalhar no garimpo.

– Mais... Você num aguenta não. Já trabalhou nisso arguma veiz?

– Não, senhor.

– Beba mais café. Aí tem mais pastel. Tais é cum fome.

O Menino comeu.

– Tu já tem patrão?

– Não, senhor. Ninguém me emprega, porque não tenho prática.

– Você faiz isso. Pega o que é seu. Apanhe seus teréns[24] e venha para a minha barraca.

– Eu não tenho nada.

– E cumo aí é que tu durmia?

– No chão.

– É preciso a gente arrumá uma rede.

Gregorão carregou o Menino para a sua barraca.

– Deite nessa rede. É minha rede. Num faiz mal não. Eu vô assá uma bera de carne-seca.

– Não precisa. Eu não estou cansado.

– Deixe de vergonha, deite. Depois que você cumê nós vai conversá direito.

Acendeu o fogo, ficou de cócoras, assando carne no espeto. Quando se levantou com a carne pronta, o Menino dormia a sono solto. Coitado! Carlinhos devia ser assim. Balançou no punho da rede.

---

24. Trens, a palavra mais usada em Goiás e Minas Gerais, significa tudo, pode-se aplicá-la a qualquer coisa. Por exemplo: traga uns trens para eu tomar café. Onde está a chave de abrir este trem...

– Venha comer carne. Eu vô cuá café. Aí tem farinha de puba[25]...

O Menino comeu com uma voracidade incrível. Bebeu água. Depois tomou café...

E agora, três anos depois, o Grego, deitado numa rede, olhava o Menino que se despia. Estava dobrado. Braços queimados e musculosos. Dorso cheio de nós. Bem diferente daquele menino esguio que ele encontrara. Era como se fosse seu filho. Já era um homem e até... já lhe roubava a mulher.

---

25. Farinha sertaneja feita da seguinte maneira: primeiro se deixa a mandioca de molho até que apodreça. Depois, deve-se cozinhá-la e raspá-la. Pode-se, também, passá-la no tiputim. A farinha de puba é suja, pesada e caroçuda.

Capítulo Quinto

BANANA BRAVA

– Você não vai sair, Grego?
– Não. Hoje não.
– Eu vou dar uma volta. Até logo.
– Até logo.
– Você está sentindo alguma coisa, Grego?
– Eu não.
– Quer alguma coisa da rua?
– Não. Obrigado.
– Então, até.
Saiu. Sabia que o Grego estava magoado. Mas não queria que ele ignorasse o que havia se passado entre Cira e ele. Agora que dissera só havia um jeito... Descer o Araguaia abaixo. Ou ir para Marabá ou então para o Pedral, no Jacundá. Entrou numa bodega. A bodega do seu Laurindo.
Havia uma luz mortiça de lamparina que, dançando, projetava sombras de homens na parede.
– Boa noite.
– Boa noite.
– Então, seu Laurindo, como vai a vida?

– Dura, seu moço. Parece que ninguém bamburra mais por aqui. Ninguém bebe, ninguém gasta. Esse verão aqui no Sul está sendo muito fraco. Só indo pro Norte.

– E o Norte está bom?

– É só no que se fala, rapaz.

– Mas ainda é cedo para Marabá. Nesse tempo as águas estão ainda muito altas, ninguém mergulha, nem de escafandro. Só em meados de junho ou em começos de julho.

– Nada de Marabá! Só se fala em Banana Brava.

– Banana Brava?

– Sim. O garimpo de cristal que tem soltado mais cristal no mundo.

– Qual, seu Laurindo, eu não faço fé em cristal.

– Eu também não faço. Mas o quilo está dando 600$. Dizem que até as mulheres garimpam. Tira-se cristal com a ponta do facão.

– E onde fica isso? Como se vai lá?

– A gente desce o Araguaia até a boca da ilha do Bananal. Toma pro lado direito. Entra no furo do Javaé. Você sabe que o Javaé vem a ser o mesmo Araguaia, não? E o primeiro e único porto, quando a gente desce o Javaé é o porto de Banana Brava. Do porto a gente caminha 16 léguas até o garimpo, mas pelo Javaé é muito difícil.

– Por que, seu Laurindo?

– Esse porto de que eu falo fica muito longe. E a gente leva muitos dias pra chegar nele. Acaba a comida. E se a gente se arrisca à sorte da caça, nem sempre se come. Além do mais, há os Canoeiros, que não perdoam.

– Dizem que os Canoeiros são piores que os Xavantes... Mas índio não é dificuldade que atrapalhe garimpeiro. É mais fácil a muriçoca enxotar e fazer desistir um garimpeiro do que os caboclos. E se a gente descesse o Araguaia abaixo?

– Pode ser. Tem gente que vai, mas leva bem uns vinte e tantos dias.

– Puxa! Mas é longe!

– Mas vale a pena. Vai ser um tal de garimpeiro descer para lá.

– Então, seu Laurindo, a coisa está mesmo boa?

– Se está. Nego que andava de pé no chão hoje está comprando fazenda. É gente enricando sem conta. Só se vê bamburro de todo o jeito.

– Se de fato é assim mesmo, muito nego vai botar o bucho nas costas, fazer matula[26] e abrir a unha.

– Do jeito que vai, eu acabo vendendo esse boteco e abrindo a unha também.

– Banana Brava. Que nome esquisito!

– É porque o terreno antigamente era cheio de banana brava.

– Bem, seu Laurindo, vou dormir, boa noite.

– Passe bem, Menino.

Joel encaminhou-se para a barraca. A noite estava fria. Ninguém cantava. Nem mesmo um violão apaixonado dentro da noite.

Entrou na barraca. A rede do Gregorão estava vazia. Ele dissera que não ia sair. Estava fazendo besteira na certa. Estava fazendo mesmo. Que Deus o protegesse. Tirou as botinas. Arrancou a camisa, jogou-se na rede. Cruzou os braços sob a cabeça e adormeceu contando as estrelas no céu...

Eram três e meia da madrugada, quando ouviu uma voz.

– Seu Joel! Seu Joel!

– Opa. Quem é?

– Sou eu, Bernardino.

– O que aconteceu, meu amigo?

– O Gregorão está preso. Bebeu mais do que gente que bamburra. Abriu um esporro danado no cabaré da Juju. Quebrou tudo.

26. Farnel.

– Vamos lá.

Correram ao cabaré da Juju. Era gente à beça. Um estrago dos diabos. A Juju chorava, desesperada. Torcia as mãos.

– Está vendo o que seu amigo fez? Quebrou tudo. Tomara que apodreça na cadeia. Acabar com o modo honesto de viver de uma pobre mulher!...

– Cala a boca. Fique calma, que tudo se resolve. Vamos ver em quanto monta o prejuízo.

– Só as cadeiras valem uma fortuna... O balcão... As bebidas... Ah! Meu Deus!

– Vamos mulher, diga logo. Quanto?

– 6:000$ ainda não pagam o prejuízo.

– 6:000$ pagam e sobram. Toma lá.

Juju arregalou os olhos, apanhou as notas que caíam e enfiou entre o rego dos seios enormes. E tinham que ser enormes, para que coubessem 6:000$. Joel saiu. Lá se ia todo o seu dinheiro que economizava para livrar-se do garimpo. Dirigiu-se para a delegacia. Conversou com o tenente. Conseguiu que o Grego fosse solto por 1:800$. Antes, porém, pediu que deixasse o Gregorão preso por uma semana. Isto também conseguiu. Voltou para a barraca apenas com 200$. Arranjou o que era seu e desapareceu para sempre daquele garimpo.

Gregorão dormiu dois dias e duas noites, encharcado de tanto álcool. Depois acordou. A cabeça doía. Tinha um galo na testa. Lembrava-se, aos poucos, de tudo. O cabaré, a briga, os soldados, uma pancada na cabeça... e agora o xadrez.

Chegou-se à porta.

– Seu praça, há quanto tempo foi que eu tô aqui?

– Hoje faz três dias.

– Três dias?

– Sim.

– Tu qué ganhá cinquentão?

– Quero.

– Pois vá lá e chame a Juju do Cabaré até cá. Mais não diga pra que é.

– Feito, passe a pelega.

Meia hora depois, a Juju chegava afobada e receosa. Com o mesmo receio que domina todas as mulheres da vida, ao se defrontarem com a lei.

– Era pra falar com você, Marmota? E eu pensando que fosse coisa séria.

– Eu perciso muito falar com você, Juju.

– Fale logo; que é que espera?

– Você viu o Menino?

– Ah! Seu Joel? Ele é um cavalheiro. Pagou 6:000$ pelos estragos que você fez na minha casa...

– 6:000$!

– Sim, por que não? Ele pagou até tua fiança. Eu se fosse ele, deixava que tu apodrecesse aí dentro...

– E por que ninguém vem me sortá?

– Seu Joel pediu ao tenente pra lhe deixar uma semana preso. Eu pedia pra lhe deixar o resto da vida.

– E por que ele não vem cá?

– Foi-se embora.

– Foi-se embora?

– Sumiu.

– Pra Marabá?

– Ninguém sabe. Não se despediu de ninguém.

– Quanto ele pagô pra eu sê sorto?

– 1:800$ mal empregados.

– Então ele levou só 200$...

– Bem, bisca. Até logo.

– Obrigado.

– Que Deus te conserve bem guardado por muitos anos.

Gregorão chegou-se para a grade. Olhou para fora. Ele perdera o Menino. O Menino que ele encontrara há três anos, morrendo de fome. Voltava sem nada. Ia-se embora como viera, pagara a dívida para com ele. Pedira uma semana de prisão para dar tempo de ir bem longe. E ainda faltavam 5 dias. Segurou as grades com as mãos fortes e chorou; Gregorão não tinha piedade, mas chorava dessa vez.

Capítulo Sexto

ERAM CINCO GARIMPEIROS

Agora chegara a vez de Joel carregar o bucho nas costas. De outras feitas nem tinha esse trabalho. Gregorão carregava tudo. Mesmo que caminhassem 40 léguas, o peso nada significava para o Grego. E ninguém dizia nada, não se ouvia uma piada. Haja vista, quando, meses atrás, eles chegavam em Cucinunga. Um Piauizeiro gritou de dentro da quitanda.

– Epa, nego! Tu é gente ou caminhão?

– Cala boca xibungo desdentado senão eu tiro tua língua xuja cum os dedos.

– Tira nada. Tu aqui topa é cum macho! Macho do Piauí!

– Pois eu vô inté aí pra te dá porrada sem nem tirá o bucho das costas, nego!

E foi mesmo. O Piauizeiro não disse mais nada. Engoliu em seco. Porque senão apanhava como boi ladrão... mesmo sendo do Piauí, de onde vêm os piores homens do garimpo. O garimpeiro do Piauí tem um ditado que faz lenda nos garimpos: "Eu sou é do Piauí, quando mato é pra instruí".

Joel se lembrava de Gregorão, sentia falta dele. De agora em diante teria que pensar somente por si. E o Grego ia ficar desorientado. Ia viver de estopada em estopada.

Sentia falta de Gregorão. Já se acostumara com aquela infantilidade de criança bruta. Sentia falta, não saudade. Saudade é sentimento pra poeta. Quem se embrutece três anos a fio, de geral adentro, sente falta, nunca saudade.

Gregorão agora devia estar olhando pelas grades. Devia encostar a sua cabeça de Hércules na parede, lançar os olhos tristes de marroeiro, sondando a liberdade. Aquelas mãos fortes apertariam muitas vezes as grades, desejando esmigalhá-las.

Bem, mas o que passou, passou. Ia agora à procura de Banana Brava. Talvez lá estivesse enterrada a esperança de libertar-se dos grilhões do garimpo. Garimpo prende mais do que algemas. Prende o corpo, prende a alma.

Joel carregava o bucho nas costas. Adeus, ó Sul! Adeus Baliza, Bagagem, Cacinunga, Registro... De Banana Brava, se Deus o ajudasse, ele desceria para Belém. Tomaria o navio e voltaria para casa. Reveria uma casa em Laranjeiras, com um jardim cheio de rosas, repuxos... Tapetes... Jarras de porcelana e estatuetas de Saxe. O piano ainda estaria no mesmo canto. No piano do coração de Mamãe, talvez ele não tivesse mais uma só tecla...

No batelão onde conseguiu passagem, só havia garimpeiros desconhecidos. Era gente que vinha de mais longe. Gente que não oferecia muita segurança e camaradagem. Era remar o dia inteiro ao sol. Eles iam para Marabá. Desciam o Araguaia. Joel ficaria em Furo de Pedra, no lado de Mato Grosso, bem defronte aos últimos quilômetros do final da Ilha do Bananal... Remavam o dia inteiro ao sol. Quando dava banzeiro[27], tinham que encostar em qualquer margem do rio.

---

27. Vento que dá no rio e revolta as águas.

Passaram Leopoldina, foram descendo, descendo. Travessão, São José, São Pedro, a Ilha do Bananal – banana comprida de cem léguas, a boca do Rio das Mortes, São Félix, Santa Isabel, Mato Verde, Furo de Pedra. Todos estes lugares entremeados de aldeias carajás.

Lugares que medem muitas léguas de uns aos outros. O Araguaia enorme, cheio de praias, cheio de peixes, cheio de febres, cheio de misérias. Cheio de escassez. Não há mais açúcar. A rapadura que o substitui, muitas vezes, também acaba. Não há mais cigarro, sal, gordura, feijão etc... O povo que ali vive perde o contato com o resto da civilização. Um bote que passe, uma canoa que atravesse, é a única novidade. O telégrafo é feito de boatos. A comida resume-se numa eterna maria-isabé[28]. Há gente que ali nasce, vive e morre sem ao menos conhecer a existência de uma vida mais confortável. Estes não sofrem porque se adaptam à mesmice de todas as coisas. Sofrem aqueles que se perdem neste labirinto de distâncias. Que ficam presos, vagam e erram, sem às vezes encontrar a porta de ouro da saída. E vivem fitando as estrelas do céu, enviando mensagens pelas estrelas, a um mundo distante e perdido. Rio Araguaia. Furo de Pedra. O final, a bunda da Ilha do Bananal... 26 dias de um remar constante, remexer os músculos das costas e a jogar os braços num vaivém contínuo. A canoa saiu de Furo de Pedra para Marabá e Joel ficou aguardando alguma embarcação que passasse e se dirigisse para Banana Brava. Teve sorte, três dias depois aportou uma canoa que para lá se dirigia.

Eram cinco garimpeiros: Samuel, Zequinha, Raimundo, Henrique e Diocleciano, a quem chamavam de Dico. Samuel e Dico eram maranhenses, de pés calejados de tanto bater as estradas do sertão. Raimundo era cearense. Zequinha era

---

28. Comida popular em todo o sertão, principalmente no Rio Araguaia. Consta de arroz com carne-seca.

goiano. E Henrique era paulista. Alugaram um rancho e armaram as redes. Descansavam uns dias para dar um novo arranco para a viagem. Joel dirigiu-se para o rancho deles.

– Boa tarde.

– Boa tarde, moço. Vamo sentá?

– Obrigado. Estou mesmo bem aqui. Soube que os amigos vão para Banana Brava e vim até aqui.

– É. Nós temo cum vontade.

– Dizem que por lá está bom.

– É só no que se vê falá. Vosmicê é garimpeiro tamém?

– Sou, sim. Vim de Cacinunga.

– Conheceu por lá Chico Aroeira?

– Chico, propriamente não. Conheci o Zeca Aroeira, irmão dele.

– Nós tamém conhece ele. Eta, nego disposto!

– Quem é o dono da embarcação que os senhores viajam?

– É ali. O Raimundo, dono da montaria[29].

– Pois seu Raimundo, eu estou aqui parado, vendo se arrumo uma passagem para Banana Brava. E como soube que os senhores vão para lá, talvez eu pudesse ir também...

– Moço, nós tamo indeciso. Tamo uma hora pensando ir pra Marabá. Outra hora nós pensa em ir pra Banana Brava. Mas a viagem para Banana Brava é muito dificultosa. Tem-se que subir o Rio Javaé. E vai sê duro. Mas quando dá fé, a gente indo, é capaz de ter uma passage.

– Tem outra coisa, seu Raimundo... eu... Não tenho um tostão. Nem mesmo para a boia. E os senhores não vão me deixar assim ilhado...

– Tá ruim, moço. A gente vai viajando num aperto danado. Vamo dividindo as despesa da boia, entre tudo.

– Eu posso ajudar a remar.

– Vamos vê, moço. Quando dá fé é bem capáiz.

29. Canoa, ubá.

– Está bem. De qualquer jeito muito obrigado.

– Moço, você tem onde durmir?

– Armei a minha rede ali na praia.

– Ali fáiz muito frio. Pegue a rede e suas coisas e pode ficá pesando aqui. Até nóis está arranchado aqui.

– Então vou buscar mesmo. Ali faz um frio medonho.

Saiu. Os garimpeiros olharam-se entre si. Era mais um sem sorte, era obrigação ajudar um companheiro de profissão. Henrique falou:

– Parece curau, mas é bom rapaz. A gente deve ajudá ele. Quem sabe se amanhã a gente não fica na mesma situação?

– Qual o quê, Henrique? – observou Dico, que tinha o coração mais calejado que os pés. – Hoje nós tamos no "tempo do murici, cada um cuida de si". Se você se achasse na mesma droga que ele, ele passava e nem tinha piedade. Eu sei cumo é garimpeiro.

Capítulo Sétimo

CADA UM TEM
A SUA HISTÓRIA

Joel armou a sua rede no canto mais apropriado que havia. O barraco de palha era pequeno e estreito. De noite fizeram uma fogueira e conversaram. Zequinha, que era o mais moço, falou:

– Vocês sabem que dia é hoje?

– Dia de São João.

– Dia 24 de junho! Se eu estivesse lá em casa no dia de hoje... Fazia uma fogueira bem defronte à porta. A gente apanhava bastante batata e mandioca. Mamãe trazia os milhos verdes para assar. Quando dá fé, estão fazendo tudo isso lá em casa. Depois a gente ia dançar com a concertina do seu Florêncio... Se brincava de cumpadre de fogueira... Hoje era um dia que eu queria estar lá em casa. Lá, tão se alembrando de mim na certa.

– Então por que você vortou? Você num esteve há pouco tempo na sua casa?

– Tive sim. Mamãe me pediu tanto para que eu ficasse dessa veiz. Eu prometi. Ela ficou tão contente. Sorria de alegreza, como nos tempo que me via na roça, prantando, derrubando, brocando... Uma menhã. Bem de menhãzinha num aguentei mais. Tive saudade do garimpo. Mamãe deve tê achado minha rede vazia, balançando sozinha. Sei mesmo que ela segurou no punho, alimpou os olhos com a ponta do avental...

– É danado. O garimpo chama a gente de um modo que não há quem arresista – afirmou Samuel. – Eu também se um dia desse estivesse lá em Carolina... Não houve São João que eu num fosse o fogueteiro. E todo mundo sabia que quem tava pipocando os foguetes era o filho do Pereirão. Era um em cima do outro, chi...pou...chi...i...pou. O Padre Miguel me dava um abraço. Foi ele que quando eu era menino me ensinou as rezas e fez eu me comungar. Hoje, ele deve estar bem velhinho, se não morreu. Que Deus o guarde por muitos anos! Se eu era menino! Foi ele quem me casou com a Elisa. Eu continuei sempre soltando foguetes para ele. Era um gosto vê a procissão das velas. Eu até tinha a minha barraquinha de vender sorte. Elisa ajudava a vender. Eu fecho os olhos e vejo a voz dela:

– Compre esse, moço, é o último...

E o moço comprava, certo de que ela tinha um bocado escondido no borsinho do vestido de xadrez... Depois...

– Depois o quê?...

– Ela morreu e que Deus a tenha...

– E você, Raimundo, não tem nada que se alembrá do São João?

– Eu tenho, mas foi há tanto tempo...

– As histórias antigas é que são bonitas.

– A minha é antiga e triste... há coisa de perto mais ou menos 8 anos eu morava lá para as bandas do outro lado do Rio do Coco, na Piabanha.

– Cansei esses braços véio, derrubando pau, no mato, pra fazê lenha e vendê cauvão. O São João sempre foi um dia cumo lá diz o otro, sem deferença dos outro dia. Só havia de muito mais o prato de canjica de mio, que Chiquinha a muié prantava na bera do corguinho de lavá ropa. Toda a noite a gente se assentava na berada da porta. No dia de São João ou de São Pedro, eu lumiava uma foguera bem grande e ficava vendo minhas fia, cantando em vorta, cum as fia do cumprade Alexandre. Nesse tempo, Zefa já devia tê seus oito pra nove janeros e Joaninha seis pros sete. Joaninha era mais agarrada cumigo, cumo lá diz o otro. Dava logo sono nela, e ela vinha pro meu colo e drumia, passando as mãozinha na minha barba... Hoje elas deve serem moça donzela. Se são cumo Chiquinha, deve mesmo serem bem bonitas. Chiquinha era bem sacudida...

– E você, Raimundo, nunca mais viu elas?

– Nunca mais eu fui pras bandas de lá... Antes de ir para Banana Brava, vou vê se ela ainda está lá cum as fia. Se ela ainda me espera, eu boto elas na canoa e vou para o Pedral ou mesmo para Banana Brava.

– Mas nunca mandou nutiças?

– Nunca. Sempre esperando melhorá de vida...

– Quando dá fé se você tivesse continuado a rachá, teria sido meior.

– Quá! O diabo do garimpo atrai cumo oio de buiuna[30]. Deixei muié... fias... tudo... E agora...

Todos guardavam silêncio e pensavam na mesma coisa: na história de Raimundo, que era triste, muito triste. Imaginava que uma mulher abandonada, com duas filhas pequenas; uma mulher moça ainda, lutando com todas as dificuldades e doenças do sertão, não ficaria oito anos à espera de um homem velho, que nem mandava dinheiro ou sequer notícias.

– E você, moço? Como mesmo o seu nome?

– Joel.

– Pois você Joel, não conta a sua?

---

30. "Boiuna"; lenda da Cobra Grande, que se enrosca no rio, e tem o dom de hipnotizar. Quem vê a boiuna está perdido.

Joel pensou em contar. Em falar de um palacete, com jardins cheios de rosas nos jarros de porcelana e estatuetas de Saxe... Mas eles não compreendiam... Não. Não poderiam compreender.

– Não. Eu não tenho história.

– Agora toca a vez do Henrique.

– Eu?

– Sim, Henrique. Deixe de ser modesto. Conte logo.

– Bem. Minha história chama-se vida. Como vocês veem, eu sempre fui um sujeito feio desse jeito. Vivi minha vida sempre lendo e afastado dos outros. Criei uma mania de inferioridade. Passei doze anos trabalhando num hospital em São Paulo. Arranjei um canteiro de flores e fiz dele minha família, pois nunca tive ninguém. Cuidei, amei minhas flores. Tinha dálias, cravos, rosas... Dava minhas flores para enfeitar a capela do hospital, levava para os meus doentes... e muitas vezes enfeitei os caixões dos meus enfermos... Meu São João também era um dia como os outros. Olhava o céu cheio de balões e ouvia os meninos soltando bombas. Tudo era muito triste porque minha vida vazia não oferecia o direito de uma recordação saudosa. Muitas vezes passava minhas noites de São João à cabeceira dos meus doentes. Sem mesmo notar que era dia de São João. Taí a minha história. Eu não disse que não tinha nada para contar?

– E por que você deixou o hospital?

– Aumentaram um pavilhão do lado, justamente na parte do meu canteiro. Não tive coragem de recomeçar outro.

– Agora só falta o Dico?

Dico fitava o céu e tinha um olhar sombrio. Um olhar que contava marcado uma história negra, no fundo escuro de uma cela. Os dias de São João se dividiam com os ratos e as pulgas e as baratas que lhe passavam pelo rosto...

– Eu também não tenho história...

A fogueira que fizeram estava se apagando. A noite era fria. Dia de São João.

Capítulo Oitavo

PRAGA

Garimpeiro tem a mania de indecisão. Quer uma coisa, quer outra diferente na mesma hora. Resolveram descer para Marabá. Começaram a arrumar as cobertas, as redes e finalmente todos os trens. De repente Raimundo pensou em voz alta.

– Home, a gente devia de ir para Banana Brava...

– Eu também acho – falou Dico.

– Então vamos.

– Vamos.

– Eh, Joel! Pode botá os seus trem na canoa. Onde come um come todos.

Antes de embarcarem, comeram a inseparável maria-isabé... E antes mesmo que o sol chegasse a pino, já desciam Araguaia abaixo. Remaram cinco léguas para chegarem a Lago Grande, o último ponto de contato civilizado. Depois virariam a ponta, o rabo da Ilha do Bananal. Topariam com o Rio Javaé e seria um tal de remar, remar e remar. Nessa noite dormiriam numa praia bem próxima da boca do Rio Javaé. Dormiram, não, pousaram apenas.

A lua fraca, no céu. Uma praga de muriçoca incontável. Ninguém dormia. Um inferno. A praia toda era um zunir constante e uníssono de tanta praga. Ninguém tinha mosquiteiro. Ninguém reclamava. O olho do dia se abriu sem que ninguém tivesse fechado os olhos. Olhos cansados. Noite de ronda e de vigília. Insônia obrigatória para comprovar a fibra do garimpeiro. O velho Raimundo chamou:

– O café tá pronto. Vamo tomá e remá, mode que se vai pegá dureza.

– Agora que eu quero vê nego bom no remo.

– Acabou-se o melado. Agora nós vai é topá cum corredeira de subida.

– Vamo embora, gente?

– Vamo.

Começaram a subida. O Javaé vinha abraçar as águas do Araguaia numa fúria alucinada. Tiveram que cortar o rio para a margem esquerda. A canoa quase que não ia. E eram seis homens fortes, de músculos retesados, remexendo-a. Esforço desumano. Remavam na esperança de uma légua acima começarem a surgir as praias. Assim que aparecessem as praias empregariam as zingas, em vez dos remos.

– Epa, Raimundo. Aguenta o jacumã[31] e num cede.

– Tô firme, Samuel.

Remavam. Começaram a suar e a fome bulia nos estômagos. Meio-dia e apenas uma légua de subida.

– Rema, gente, rema no duro, senão a gente vorta de descida.

– Ota, Zequinha, não descansa não. Aguenta duro. – Zequinha era o mais moço e o mais fraco.

Todos estavam esgotados, já nem podiam remar. Os braços teimavam em não querer obedecer. Mas tinham que subir. Tinham que subir.

31. Leme.

– Num era bom a gente se alembrá de cumê?

– Vamos vê se a gente consegue chegá naquela barreira...

Qualquer parte, quer da Ilha do Bananal ou da terra firme de Goiás, estava alagada. O tempo das águas do Oeste ou do Norte lembra um pouco, ou melhor, repete a Bíblia numa passagem: O Dilúvio.

– Então gente, fura, fura, pra ganhá rapadura.

Meia hora depois chegavam na tal barreira e levaram meia hora para vencer uma distância apenas de 400 metros.

– Encosta, encosta. Pula, Joel.

– Depressa, pegue a corda de proa.

– Aguenta o jucumã, Raimundo.

– Amarre nesse tronco aí mesmo.

– Puxa vida! Muriçoca aqui é cumo beias[32]!

– Vamo caçá lenha. Zequinha, apanha as panelas. Dico, tu fica aí catando arroz.

Subiu uma fumaça. O fogo se fez. A panela foi colocada. Sentaram-se. Olhos cansados.

– Se a gente ao menos armasse a rede...

– Que o quê, Samuel. É acabá de enguli, montá na bicha e subi. Desse jeito que nós vamo, ninguém chega.

– Pió é que num se vê praia. O Araguaia tá tão cheio de praia e aqui no Javaé nada dclas.

– Se for assim, nós vamos tê que durmi na canoa. E cum tanta muriçoca vai sê duro.

– Mode isso é que a gente tem que remá muito.

– A boia tá pronta.

– A boia tá pronta, então vamo cumê. Porque quando o sol começá a descê a gente tem que pará. Esse rio num é fácil de subi nem em tempo de lua. Quanto mais na escuridão que tem feito.

32. Abelhas.

Almoçaram. A muriçoca enxameava. Os pratos de ágata estavam cheios de maria-isabé... A muriçoca, se o garimpeiro se descuidava, entrava de boca adentro com a comida.

– Esse Javaé tem mais praga do que o Rio das Mortes.

– Agora que você sabe disso? Nunca vi um lugá em que a gente avistasse essa mardita Ilha do Bananal que num haja essa disgrota[33] de praga.

Tomaram café.

– Vamos?

– Home, dá tempo ao menos de a gente fumá. Será que a gente num pode nem pitá um cigarro de painha?

– Não, num tem tempo. Fuma depois.

Remar de barriga cheia, ao sol de meio-dia, com os olhos ardendo de tanto calor do sol, como da noite sem dormir, é um suplício mesmo se tratando de garimpeiros.

– Rema, rema, minha gente.

– Não é possível que não tenha que tê uma praia daqui a duas ou três léguas.

– Quando dá fé tem mesmo.

– Eu já subi muito rio. Vivi canoando desque comecei a encorpará. Mas nunca vi com esses olhos que Santa Luzia porteja uma corredeira que nem essa.

– Home, você ainda tem corage de falá tanto?

– Nego, você aqui tá vendo é home macho!

Às quatro e meia da tarde, uma luz amarelada, uma coisa branca... umas gaivotas voando.

– Uma praia...

– Uma praia!

– Vamo vê se a gente chega nela, negada?

– Vamo sim.

– É capaiz de inté havê ovo de gaivota.

– Tão bom que houvesse. Eta troço bom pra alimentá.

33. Desgraça.

Aportaram. Joel foi banhar. Tirou a roupa.

– Quem vai banhar? Vamos, Henrique?

– Não. Eu só banho de manhã.

– Será que tem piranha?

– Você já viu falar em piranha por esse lado do Brasil?

– Então eu mergulho no raso.

– Cuidado com as arraias de fogo. Se dão uma fisgada a pessoa está feita.

– Bem, agora vamos tocá pra fazê boia. Quando dá fé se a gente fizesse uma feijoada, fortificava mais.

– Mas feijoada quando já está enoitando?

– Que o quê, estômago de garimpeiro não conhece quando é dia ou noite.

– Vocês repararam que até agora ainda num deu sinal de praga? É de espantá. Nos otro lugá, abastava a gente encostá e fazê fogo pra elas vir de nuve.

– Deixa escurecê mais e tu vê.

Triste profecia. Mal a noite começou, a praga despertou, vindo do brejo, da areia lamacenta da praia recém-surgida. No Javaé as praias custam tanto a aparecer. O rio vai baixando retardado. E as poucas praias, raras e fétidas, são poços efervescentes de maleita. E tem-se de levantar as mãos pro céu quando, no horizonte infindável, elas aparecem, amarelando. As pragas vieram. Era a segunda noite de vigília. Noite longa, noite afora, fria e intérmina. Noite de mais uma ronda. Noite de velório implacável ao cadáver de uma insônia masoquista. Horas mortas e lentas, sem pressa de passar. As estrelas não se cansavam de mirar-se no espelho das águas. O sol custava tanto a nascer. Uma fogueira de lenha úmida. Seis homens embuçados nos cobertores em redor dela fitando as labaredas. A dança das chamas fitada por olhos mortiços, impassíveis. Sofrendo como quem não sofre. Tendo uma acusação implantada no rosto, contra a insensibilidade do desconforto. O sol por fim nasceu.

Ninguém falava. Um deles fez café. Quando aprontou, disse somente "café".

Tomaram. Arrumaram os trens na canoa. Um deles soltou a corda. Começaram então a rezar a prece muda e contínua do remo. Ao meio-dia encontraram nova barreira. De novo a praga. Henrique falou:

– Nós devíamos ter ido para Marabá...

– Ainda tá em tempo. Só é virá a proa da canoa rio abaixo.

– Mas nóis já veio até aqui... Tamos perto.

– É mesmo. Daqui pro porto do Mato Verde num deve fartá três légua.

– Três légua que vale vinte.

– Home, num afroxa, por amor de Deus.

– Vamos ao meno até Mato Verde...

– Vocês acha que é afroxá? Olhe, de Mato Verde até o porto do Ezequiel são mais de cinco léguas. De lá, ainda se sobe nos pés mais 14 com buxo nas costas. Num tá vendo que ninguém arresiste?

– Home, cumo quem lá diz, Samuel tem razão. A gente tem que remá cumo cão. Ficá sem drumi mode tanta muriçoca. Caminhá estropiado, com bucho nas costas... Tê de pegá na picareta logo que chegá...

– Mas num percisa a gente pegá no duro, logo que chegue. A gente descansa.

– Ora Samuel, nem Zequinha, que é mais mofino do que tu, não tá reclamando tanto. Você parece até muié!

– Mulhé? Se eu fosse mulhé, num taria aqui nesse durão. Ficava era em casa pegando pomba com a arapuca de boca pra cima.

– Vamo vê, Raimundo. Você que é dono da montaria, que é que arresolve?

– A gente faz um trato. Tá feito?

– Tá.

– Bem. Se rema até o porto do Mato Verde. Eu perciso de ir até lá. Vocês sabe que eu conheço estas parage pura aqui cumo fundo de cabaça. Pra eu ir até Piabanha, abasta chegá até Mato Verde, cortá o Rio do Coco e ganhá o rumo de casa. E é o que eu quero. Nós vai inté lá no porto. De lá se vocês quisere vortá eu vendo a canoa pra vocês.

– Quem sabe, Raimundo, se não tem algum caminho por terra do Mato Verde pra Banana Brava? – indagou Henrique.

– Tem sim. Tem dois. O que bera o Javaé, que é impossive de ir, desque as água alaga o triero[34]. E despois tem um que tomba rente pra lá. Mas esse é preciso sê home macho. Pru que o caminho é duro mesmo.

– Qual dos dois é o menor e o mais perto?

– O premeiro, que ninguém pode ir agora, tem 50 légua. O segundo tem 43 légua bem meçada. O segundo é mais perto, mais corta uma selva brava danada. Precisa arranjá um guia...

Dico, que estivera ouvindo, tomou a palavra.

– Eu topo o segundo. Caminhá é cumigo.

– Todos nóis topa caminhá...

– Então vamo até Mato Verde?

– Vamos. De lá se arresolve.

– Então o negócio é remar sem fôlgo[35].

34. Trilha.
35. Fôlego.

Capítulo Nono

DOIS DE MENOS

Mato Verde. Do porto até Mato Verde ainda existem duas léguas que se vencem nos pés. Como todos os povoados do Brasil Central, Mato Verde se resume num rancho grande, cercado por outros ranchos mais distanciados. E é tudo. Na parte lateral há uma enorme mangueira. Lá os garimpeiros armaram as tipoias.

As novidades de Banana Brava aumentavam em proporção da chegada.

– A vida lá é dura. Tudo num preço marmo[36].

– Cuntanto que o fumo seja barato, o resto num interessa.

– Cumo não? Você vai vivê de fumo?

– Se Deus quisé, do fumo, da picareta e da cachaça.

– Uma simples rapadura custa 15$000 e porque tá barata; já esteve a 50$000. Uma garrafa de pinga por 27$. O fumo, 10$ o metro. O café 15$ ou 20$ o quilo... Isso tudo num te interessa?

– Não, porque quando o garimpo tá num preço topado desse, é porque tem dinheiro sobrando. Caindo dos buracos!

36. Enorme, exorbitante, excessivo.

– Pois desta eu num acho. Já ouvi falar que tem catra[37] de 90 palmos. Dessas que dá frio inté de se espiá. Catra que se trabaia de carretel!

– É mesmo. Já se imaginô a gente botando terra pro alto, dessa altura, pelo cabo da pá? É dureza!

– Disquê o garimpo por lá já amelhorou. Num se dá mais tanto tiro cumo se dava. Disquê tem um tenente que é macho pra burro. Cum ele é no durão. Nem tem bão cum ele.

– Pois eu a meu modo, acho que garimpo quando deixa de dá tiro, quando amolece nos tiro é porque nada tá dando.

Joel pensou na vida de Banana Brava. Vida dura. Vida caríssima e ele que ia de bolso emborcado. Lembrou-se do seu paletó de casimira.

– Quem quer me comprar um paletó de casimira?

– Cadê ele?

– É este aqui. Casimira inglesa das melhores.

– Quanto você qué pur ele?

– O terno novo ficou por 600$. Mas como é só o paletó e eu estou precisando de dinheiro, eu deixo por 150$.

– Home, num tá caro não. Mas é que eu num tô precisando não.

– Bem, eu deixo por 120$. Seu Raimundo falou:

– Moço, num venda o seu paletó não. Deixe pra vendê ele no garimpo. Lá você vende ele muito meior.

– Mas eu prefiro carregá o dinheiro que é mais leve. Olhe só o tamanho do meu bucho. Está danado de pesado.

– Sendo assim...

– Pois eu deixo por 100$.

– Tá feito, eu topo.

Samuel ficou com o paletó.

– Sabe, gente, amanhã nós temo 15 léguas pra cortá. Vamos é drumi.

37. Buraco, cavidade de onde se tira o cristal.

– E aquele guia vai mesmo cum a gente?

– Vai. Ele guia a gente cinco légua e cobra 20$.

– Tá feito.

A noite desceu pesada. A mangueira era toda uma sombra, manchada apenas pelo branco das redes. Dando a impressão macabra de um túmulo negro com muitas cruzes brancas. Havia muriçoca, mas em menor quantidade. O sono amorteceu o cansaço daqueles corpos e pouco mais tudo dormia. O frio rondava as redes. Só as estrelas no céu brincavam de brilhar. Sem que o seu brinquedo produzisse um som que viesse interromper o silêncio da noite morta.

Quando o primeiro galo cantou, na cerca, um deles despertou. Chamou os outros.

– Epa, gente, tá na hora. Senão num dá cárculo de se tirá as 15 légua.

Levantaram-se. Tudo estava pronto da véspera. Bastava apenas banhar o rosto, engolir o café e caminhar na trilha do sol nascente.

– Então, seu Raimundo, o senhor não vai?

– Não moço, eu vô ver se ainda vejo minha família...

– Pois é pena. Gosto bem do senhor. Tem sido bom para mim.

– Escute, moço. Eu vô lhe dá um conseio. – E abaixou a voz: – Você devia era de ficá. Esses garimpeiro num presta não. E você é um moço bom e ladino.

– Qual, seu Raimundo. Não há perigo.

– É o que desejo. Que a Santa Virge lhe proteja.

– Obrigado, seu Raimundo.

Despediram-se. Rumaram em fila. Eram cinco garimpeiros. Raimundo ficara. Breve ele ia partir, mas noutra direção. Ia ver a família. Quando chegasse perto de casa, a casa que abandonara há oito anos, um medo horrível apossar-se-ia dele. Medo, sim. Ele que enfrentara indiferente os maiores perigos, ia ter medo. Hesitaria a cada passo. Como se fosse um ladrão a violar uma casa alheia. E como seria recebido? Oito anos!

Eram cinco garimpeiros. Cinco homens seduzidos pelo brilho do cristal. Há milhões de homens que acorrem, de toda parte do Brasil, seduzidos pela mesma miragem.

Levavam um guia. As chuvas alagaram os campos e as lagoas cresceram aos vômitos da chuva. Somente o homem crescido naquelas brenhas, criado sugando o peito da natureza bruta, é que se arrisca a fazer uma viagem assim. O guia era um homem de Goiás... Goiás...

Goiás!
Terra da uberdade,
Terra que oferta
A riqueza da terra
Na dança constante da fertilidade.
Terra que Deus não se cansou de abençoar
Com os seus olhos divinos.
Terra para a qual
O olhar
Dos homens imperfeitos,
Presos à cidade
E aos preconceitos,
Não se pode voltar.
Homem, olha!
Desperta!
Vê a terra amiga que abre para ti.
Sente-lhe o palpitar...
Terra amada,
Terra roxa, abençoada.
Canaã adormecida aos embalos
Dos ventos da selva.
Mulher recostada,
Reclinada

No verde tão verde e imenso
Dos campos.
As mãos sustentando
Diamantes e cristal.
Chamando a atenção
E a cobiça
Dos homens que caminham
Na miragem da riqueza.
Homem estúpido, vês?
É a natureza...
Ali... Vês?
Não.
É em vão,
Não vês.
Entretanto,
Naquelas terras roxas
Está a riqueza,
A prosperidade
E a segurança.
Caminha! Vai com confiança.
Revolve o ubre fértil
Da mãe terra
E bebe toda a seiva
Que ela encerra.
Rega-a com o suor do teu corpo.
Afaga-a com o poder dos teus músculos.
Escuta a voz da boa terra:
— Sou eu a terra quem fala...
Pouco quero de ti.
Dou-te todo o meu ser
E a minha exuberância
Em troca apenas de tua constância.
Eu sou a minha própria recompensa!
Vê bem, meu amigo, pensa.

Não vês.
Não, não ouves.
A tua estupidez é tão extensa
Que não ouves o falar da boa terra.
Vai, cão, vai, cão.
Segue com a tua ambição
Que te prende e te desterra
No país da miragem,
Do sangue e da ilusão.
E deixa-me a dormir até que tu acordes...
Terra da uberdade.
Terra abençoada,
Canaã adormecida,
Terra abençoada...
Goiás.

Cinco homens indiferentes caminham na miragem da riqueza. Na ficção da prosperidade. Um guia na frente. Um sol de fogo. Cinco léguas já eram vencidas quando o guia parou.

– Daqui por diante, não tem mais do que perder. Só é seguir para a frente. É bom que ande depressa nessa estrada. Essa é a chamada estrada do Tabocal; aí tem muita onça. Bem, então eu vou dar o adeus. Adeus e boa viagem.

– Vocês ouviram tudo o que o guia disse? É tratá de andá ligeiro, ficá tudo sempre junto e ninguém se afastá.

E lá se foram pela estrada do Tabocal afora. Era mais que estupidez andar naquela pressa toda. Numa estrada onde a macambira rasgava a roupa e a carne, onde a cada passo galhos de árvore e troncos, quando não eram os espinhos de tucum ou cipós, atrapalhavam, impediam e obstruíam tudo. Era mais que estupidez, era desumanidade. Entre os que mais sofriam dentre o grupo, estavam Zequinha e Joel. Joel principalmente tinha os pés em sangue. Acabaram de transpor o Tabocal. Desembocaram num córrego, cuja passagem chamava-se Landizal. Seis léguas e meia tinham ficado para trás. Pouco faltava para o meio-dia.

– Vamo dá ataque na matula?

– Primeiro vamos banhar.

– Tá doido, rapaz! Qué vê? Joga um pedaço de galinha n'água. – Zequinha jogou. Um cardume de piranhas rasgou o osso da galinha.

– Você ainda tem coragem de banhá?

– Não. Desisto. Faz muito frio!

– É melhor a gente boiar logo e começar a caminhada.

– Num é melhor a gente descansá um pouco... e esticá o espinhaço?

– Que o quê, moço. Nóis só tem que encontrá moradô daqui a nove légua. Vamo andá.

– Então vamos ver se vamos mais lentos, que meu bucho está rasgando meus ombros e vejam de que jeito estão os meus pés!

– Então vamos, vamos. Fura, fura pra ganhá rapadura.

Iam em fila indiana. Joel, o mais estropiado, encerrava a fila. O cansaço e os pés feridos foram-no atrasando. As pernas não lhe obedeciam. Foi ficando para trás. A falta de costume de caminhar sem sandálias maltratava demasiadamente os seus pés. Parou. Abriu o malote. Rasgou uma camisa e atou os pés. Depois tirou uma meia e foi calçando sobre os pés atados. Levantou-se. Apanhou novamente o bucho e jogou-o sobre as costas. Enquanto isso os companheiros caminhavam na frente, sem o esperar. Andou mais ligeiro para alcançá-los. Estranho. Nem sinal deles. Eles deviam esperá-lo. A pista do trilheiro ia-se acabando de maneira esquisita. Gritou com todas as forças dos pulmões. Ninguém respondeu. Andou até anoitecer. Já não havia mais pista. Tinha que se aproveitar do caminho das antas e porcos do mato. Ficou horrorizado. Estava perdido. Armou a rede no alto da árvore. Tornou a gritar. Ninguém respondeu. Só havia o silêncio da selva. Enquanto isso os quatro garimpeiros descansavam, acampados noutra direção. Eram só quatro garimpeiros. Primeiro fora-se o Raimundo e agora Joel. Havia dois de menos.

Capítulo Décimo

IMPIEDADE

Dico foi o primeiro a notar.

– Aquele curau tá se atrasando muito.

– Num faiz mal, ele vem nas pegadas da gente. Num tem do que se perdê.

– Então vamo pra diante.

Cortaram um campo enorme, onde quase não havia pista. A água da chuva alagara os campos e crescera o capim. E o capim crescendo encobria a pista. Estas estradas do sertão bruto são sempre assim. Não passam de uma simples trilha, onde por vezes mal cabe um pé que caminha.

– Nóis devemo esperá um pouco pelo rapaz.

– Qual o quê, ele acerta o caminho.

– Mais uma meia hora só num faria deferença.

– Se faiz deferença? Nóis vamo posá daqui a três légua. E daqui a poquinho o sol vai se escondê. Se ele se perdeu, a gente num tem nada que procurá. Quem mandô ele se afastá da gente? No lugá que nóis estamo, num se pode facilitá.

– Mais ele num tem prática de caminhar. Era preciso a gente esperá por ele. Ele está desarmado, não tem nem um canivete sequer.

– Bem, Henrique, se você qué esperá, que espere. Eu vô pra diante.

– Mas Samuel, não se trata disso. Nós todos somos companheiros, não custa esperar. Eu sozinho também não posso. Me arrisco a ficar perdido. E aí seremos dois. Mas se todos nós esperasse era outra coisa.

– Eu não espero, disse Zequinha.

– Nem eu, falou Dico.

– Então vamos, comentou Henrique. Vamos embora, mas pode ficar certo, Samuel, que nós estamos cometendo um ato horrendo de impiedade. Deus castiga. E isso pode acontecer a qualquer um de nós.

– Ora home, deixa de choradeira. Aquele rapaiz é um bocado macho. Depois o caminho é fácil. Não tem o que perdê.

Continuaram caminhando. Era preciso que eles chegassem ao Rio Muricizal antes que anoitecesse. Tinham que pousar do outro lado do rio.

– Vocês ouviram uns grito?

– Parece que ouvi.

– Nada, é impressão. Vocês agora vão ouvi até tiro e pensá que o rapaiz tá chamando.

– É, mas agora eu ouvi bem. É ele que está gritando. A gente ouve bem. Coitado.

– Que coitado o quê, se ele está gritando, é porque tá perto da gente. É só andá depressa que pega a gente.

– Escuta, Samuel, dê ao menos dois tiros de revólver pra que ele saiba a nossa direção.

– Tá bem, Henrique, vou dá só dois tiro. As bala agora tão muito caras e no garimpo ninguém pode comprá.

Deram dois tiros. Joel gritou angustiado. Será que ele ouviu?

– Acho que não. Tá ventando muito do lado contrário dele.

Henrique não podia se conformar que se deixasse um rapaz perdido em plena selva, sem armas, fogo e mantimentos.

Imaginava o horror do moço ao sentir-se perdido. A sensação tenebrosa da selva para quem se perde nela. Mas que poderia ele fazer? Era preciso que os outros companheiros se dispusessem a ajudá-lo. Não era tarefa pois para um homem só. Ninguém, nenhum deles parecia possuir a sombra da menor inquietação. Encaravam aquilo como a coisa mais natural do mundo.

– Depois que a gente atravessá aquela catinga, nóis avistamo as árvore do Rio Muricizal.

– E já num é sem tempo. Olha que o sol tá quase escondido.

Depois de caminharem mais uns dois quilômetros, chegaram ao Rio Muricizal. Pelo primeiro dia, tinham caminhado bastante. Era preciso descansar.

Fizeram uma fogueira bem grande e colocaram lenha seca perto, para tornar a avivá-la quando ela estivesse a se extinguir. Armaram as redes próximas umas das outras. Era perigoso que um deles se distanciasse. Havia muita fera e pouca arma...

Tornaram a ouvir os gritos angustiosos do rapaz perdido.

– Ele está gritando.

– Tá sim.

– Imagine se uma onça chega perto dele.

– Come direitinho, nem tem com que se defendê. – Fizeram a boia. Notava-se um vago mal-estar no semblante de cada homem. Seria remorso? Não, não era possível. Homens acostumados a uma vida de brutos não têm remorsos... Se não fosse o Henrique estar lembrando a todos os minutos o rapaz perdido, talvez nenhum deles o fizesse.

De noite ouviram um apelo angustioso do rapaz. Ninguém se moveu na rede. O grito repercutiu na mata e foi perder-se inutilmente. Henrique revolveu-se meio febril durante a noite. Agora ele conhecia os homens que tinha por companheiros. Sabia que, se acontecesse a ele próprio se perder, também seria abandonado, sem a mínima compaixão.

Quando o sol subiu sobre as copas das árvores e acendeu o facho do dia, eles já tinham começado os preparativos da viagem.

Novamente ouviram o grito perdido.

– Será que nós não vamos procurar o rapaz?

– Nada, ele está perto. Num tarda ele acertá o caminho.

– Mas nós somos quatro. Dividimos em dois e vamos buscar o rapaz.

– Não Henrique, nós não pode perdê tempo. Temo quatro dia puxado pra chegá ao garimpo. Depois, ele se está perdido, nóis num vamo se perdê, se somo quatro.

– Então vamos pelo menos esperar aqui, um ou dois dias para vermos se ele acha o caminho.

– Não, Henrique, você se quisé que fique. Nóis continuamo.

Não havia jeito. E eles se foram. Caminharam o dia inteiro. Quase ao pôr do sol encontraram um boiadeiro que pastoreava gado.

– Boa tarde. Será, moço, que nós topa moradô antes de anoitá? Daqui a três quilômetro tem o rancho do Joaquim Cirilo...

– Olha moço, se o senhô conhece arguém lá para as banda da passage do Landizal, avisa que ficou um rapaz perdido. É um rapaz ladino. Fala uma porção de língua. Mais está desarmado, sem dinheiro e sem boia. Vinha viajando à nossa custa. Vai tê uma morte triste.

Capítulo Décimo Primeiro

SELVA

Joel ouviu o tiro e sorriu. Ele sabia que os companheiros viriam buscá-lo. O interessante é que não sabia de onde vinham os tiros. Sondara a direção, mas não conseguia saber de onde vinham os tiros, se do Norte, Sul, Leste ou Oeste. Se estivessem em terreno plano ou mesmo num campo, saberia dizer, mas na mata era impossível. Levantou-se, desarmou a rede e colocou-a dentro do bucho. Aguardou que os companheiros voltassem para buscá-lo durante uns vinte minutos. Gritou, mas em vão. Ninguém respondeu. Esperou mais meia hora. Nada. Estava perdido e o que tinha a fazer era caminhar. Jogou o bucho nas costas e começou a sua via-crúcis.

Estava preso no mesmo cerrado em que dormira, mas lembrava-se de que o Rio Landizal ficava próximo. Alguém lhe dissera em Mato Verde que o caminho era sempre seguindo o rio. Era só procurar o Rio Landizal e subi-lo acompanhando uma das margens. Andou umas duas horas no meio de macambiras, que lhe entravam na carne, depois de ter rasgado a roupa. O terreno do cerrado era coberto de pedra canga descoberta. Os pés sofriam com a pedra canga e os braços e as pernas, com a macambira. Se continuasse assim não haveria roupa que chegasse. Finalmente chegou ao Rio Landizal. Os lábios estavam ressecados de sede. Bebeu. Mergulhou os pés inchados e doloridos na água fria. Teve que retirá-los com rapidez. Um cardume de piranhas surgiu voraz. De todas as espécies, a piranha vermelha é a mais abundante e a mais perigosa. Um perigo que Joel teria que encontrar sempre e tomar muito cuidado. Porque a piranha não respeita.

Continuou subindo, beirando o rio. Uma hora, caminhava pelas margens, outra, pelos campos. Sendo que, a maioria das vezes, o caminho era tão cheio de obstáculos que, não raro, tinha que abaixar e caminhar de rastos. Uma infinidade de espinhos de toda a espécie. A macambira não perdoava, com as suas garras de espinho. Lembrava um polvo, cujos tentáculos eram cheios de espinhos. Havia também o capim--tiririca, que grudava nos braços e nas pernas, rasgando as carnes, como giletes. O bambu cipó era outro suplício, porque quando aparecia enchia os campos em massa compacta. Se Joel possuísse um facão, seria a dificuldade resolvida com mais facilidade. Ao meio-dia a fome apareceu. Joel abriu o saco da matula e teve conhecimento da precária situação em que se achava, vendo o tanto de farinha que se achava no fundo do saco. E a farinha não dava para um punhado. Que almoço! E quantos dias teria que passar nesta situação? Era uma pergunta sem resposta. Comeu a farinha de puba e bebeu água. Já que almoçara, precisava caminhar. Quem se perde em plena selva, logo é apossado de um desejo: caminhar, caminhar, ir para a frente, na esperança de encontrar uma pista ou um indício de gente próxima. Geralmente Joel caminhava aproveitando a pista feita pelas antas que iam beber ou banhar-se no rio. Começou, então, a notar uma coisa esquisita. O garimpo ficava para Leste. E ele caminhava para o Sul. Então não era aquele o rio que levava ao garimpo. Mas ele continuaria a subir o rio. Não era possível que em dois outros dias deixasse de aparecer uma pista, um indício. E se não aparecesse? Dormiu essa noite, com a rede atravessada de uma árvore para outra, suspensa sobre o rio: assim ficaria protegido das onças. A fome começou a falar alto no seu estômago. De manhã, levantou-se. Com o corpo regelado, pois os meses de junho e julho são os mais frios do ano. A rede amanhecera úmida de orvalho. E o segundo dia nada trouxe de novo a não ser fome, solidão, distância e tristeza. Amanhã, pensava Joel, quem sabe se não encontrarei uma pista? Quantos dias não fez essa pergunta a si mesmo, cheio de esperança! E quantas vezes ficou sem resposta? Pelo meio-dia do terceiro dia foi descobrindo uma coisa que o encheu de pavor. O Rio Landizal começava a secar. A estreitar-se. E forçosamente ele iria encontrar as cabeceiras do rio. E assim foi. Acabaram-se as águas. Havia nas cabeceiras do rio apenas umas poças. Joel limpou a lama e bebeu água. Bebeu muito. Ele não sabia quanto tempo iria ficar sem encontrar outro rio ou outra poça.

Do quarto dia em diante, cada vez que ele procurava orientar-se mais se intrincava no coração da selva. Passava muitas horas sem saber. Às vezes tinha que coar lama para beber um líquido que imitava água. A fome comia seu estômago, começou a emagrecer de um modo horroroso. As pernas e os pés eram só uma chaga. Veio o desânimo de salvar-se. Não, não iria muito longe. Um homem não aguentaria viver tanto tempo sem comer.

Nesses dias passados atravessara brejos, lagoas, pântanos, campos, riachos, catingas, bosques, matas virgens... E nada de pista ou indícios de homens. Desejou encontrar nem que fossem índios. Mas nesta parte de Goiás não há nenhuma tribo. Já não tinha forças de caminhar com o bucho às costas, pesava muito. Tinha que desvencilhar-se de muita coisa. Jogou primeiramente o malote fora... Depois todos os objetos mais pesados... Veio o quinto dia, e nada, somente a mesma vontade de caminhar... Ir para a frente, acompanhando as pistas das feras. Quando anoitecia, nem sequer podia fazer fogo para aquecer-se do frio e afugentar as feras, pois não levava fogo. Veio o desânimo. Caminhava a esmo. Se dormia, era assaltado pelo pesadelo, o delírio da fome. Dormindo, sonhava com rapadura, bife com batatas fritas, queijo, abacaxi cristalizado, para acordar horrorosamente esfaimado. O corpo enfraquecido, quase não tinha mais carne. Os carrapatos subiam até o rosto. Na manhã do sexto dia teve que abandonar quase tudo. Ficou somente com uma calça, um blusão, a rede e as cobertas. Além disso, os papéis de identificação. Já perdera a esperança de salvar-se e os papéis de identidade fariam com que reconhecessem o seu corpo e dessem notícias à sua família. Ao meio-dia do sexto dia, entrou num cerrado, na esperança de descobrir um novo rio que lhe desse uma pista ou, pelo menos, água. Veio a noite e nada de encontrar uma saída. Tudo era cerrado. Por onde caminhasse, para o lado que fosse, não encontrava saída. Água era coisa que não existia por ali. O sol de fogo durante o dia fazia-o transpirar muito, provocando muita sede. Nesse dia nada bebera e agora, ao entardecer, os lábios estavam rachados. Armou a rede nos galhos de duas árvores baixas. Não tinha força para subir o corpo magro nos galhos mais altos. Deitou-se febril. Adormeceu atormentado pela sede, com o corpo dolorido de tanto ferimento. Os pés rasgados, os tornozelos inchados. Os gânglios da virilha estavam inflamados como se fossem limões. O frio da noite castigava mais porque o corpo estava enfraquecido de calorias. A coberta que envolvia o bucho estava rota, cheia de buracos feitos pelos espinhos do mato bruto. Joel, angustiado pela sede e pela febre, esperava que amanhecesse para que pudesse umedecer os lábios rachados com o orvalho que caíra durante a noite e ensopava as folhas das árvores; lamberia até que amenizasse um pouco. No dia seguinte teria que encontrar água de qualquer forma ou morreria de sede. Pode-se morrer de fome; porque gradualmente, com muitas dores, o estômago vai-se costumando; mas de sede o suplício é pior ainda. Engraçado, se esses meninos que sonham com filmes de Tarzã e fazem da selva uma maravilha se vissem presos na verdadeira e real selva, bárbara e inóspita, imensa e impiedosa, mudariam completamente de ideia. Nos romances e nos filmes a mata apresenta frutas, cocos e certo conforto. Na selva verdadeira há coco, é verdade. Mas somente quando é tempo. Há a aburitirana, buriti, tucum e, raras vezes, o babaçu, mas todas essas frutas têm a sua época determinada de produção. Nem sequer os cocos do babão ou da bacaba estavam nascidos. Se ele tivesse uma faca ou um facão, derrubaria palmeirinhas como o babão ou a gariroba e comeria os palmitos, que apesar de serem amargos demais, alimentariam um pouco. A fome não escolhe cardápios. Mas a mão desarmada não consegue descamar os palmitos porque muitas dessas palmeiras são cobertas de espinhos.

Deviam ser três e meia da madrugada. Havia uma lua pequena, triste e minguante. Joel acordou com passos, sobressaltou-se. Passos assim de leve, macios, de veludo. Anta não era porque não havia água próxima. Porco-do-mato faria uma barulheira incrível. Sucuri também não, porque esta arrastaria o capim de maneira contínua e uniforme. Aqueles passos só podiam ser de onça. O coração de Joel parou. Era onça. E os passos vinham aproximando-se em círculo, como quem estivesse investigando. Joel não se moveu nem tinha forças para gritar. Deixou que a sorte resolvesse, já que a sorte proporciona dessas surpresas sem consultar o interessado. Os passos foram-se aproximando. A fera, fosse qual fosse, tinha-se postado debaixo da rede. Joel levantou a coberta que cobria a face e espiou, sem fazer o menor movimento. E o que viu encheu-o de horror. Horror gelado de túmulo. Enorme onça-pintada se afastava lentamente em direção da mata. A lua que era triste e minguada reluzia os corcovos do seu dorso pintado de grandes manchas negras. E quando a fera se sumiu no mato Joel foi atacado de nervosismo imenso. Tremia como se toda a maleita dos trópicos o tivesse atacado. Seus dentes batiam como castanholas. O tremor era tanto que agitava as árvores em que armara a rede. E o orvalho da noite vinha cair sobre o seu corpo. Não era para menos. Ter uma fera perigosa debaixo de uma rede, sabendo-se desarmado, sem forças para subir numa árvore ou correr, o que seria inútil, nem mesmo forças para gritar e assustar a fera... Da altura em que a rede fora amarrada uma patada apenas bastaria para que a fera fizesse uma vítima. Fora milagre. Ou a fera não estava com fome, ou talvez, devido à intensidade e virgindade da selva, nunca tivesse visto um ser humano. Porque todas as probabilidades afirmavam que a fera o seguira desde cedo e aproveitara um momento de mais quietude para averiguar que espécie de coisa estava ali.

Fosse o que fosse, ele tivera uma sorte inigualável, se é que isso se pode chamar sorte.

O sol que nascia ainda encontrou Joel a tiritar de emoção. Depois que a calma foi restabelecida pôde raciocinar e pensou: "Quem sabe se a fera não fora em busca de água?". Resolveu tomar a mesma direção, orientando-se pelo sol. Caminhou, caminhou. Venceu umas duas léguas de cerrado, entrou num bosque cheio de cipós e bambus. Cada vez sentia-se mais fraco. Agora o que levava nas costas se resumia apenas à rede e à coberta esburacada. Nem roupa mais para protegê-lo dos mosquitos: os espinhos destruíram o pouco da indumentária que lhe cobria o esqueleto-corpo.

Começou, então, no cérebro angustiado do rapaz, a se criar o vírus da maldade. Tudo porque os amigos não tiveram coragem de procurá-lo. Deixar uma criatura humana penar nas selvas por falta de piedade em procurá-la. Começou na sua febre a desejar coisas tenebrosas aos garimpeiros. Que desabassem as barreiras das catras e eles ficassem enterrados vivos... Que a poeira do garimpo provocasse tosse nos seus pulmões até torrá-los... Que a lepra de Macaúba devorasse as suas línguas...

Se ele escapasse das selvas havia de vingar-se de um modo fantástico, havia de escapar para vingar-se. Tinha, agora que estava tão perto da morte, adquirido toda a impiedade dos homens sem piedade e desejava e sorria antegozando uma vingança que talvez nunca chegasse a exercer... Não haveria perdão. Nada pagaria tamanhos sofrimentos, que não fosse a vingança.

Caminhava tropegamente. Era o sétimo dia. E a sede transtornava-o. Parecia um louco. Sentia tonturas e, às vezes, nem queria mais levantar-se quando caía. Entretanto, olhava para os céus e gemia numa voz queimada de sede. "Eu não posso morrer. Eu não quero morrer; sou tão moço. Tenho vinte e dois anos. Não quero morrer. Eu tenho que morrer perto dos meus, e não de uma maneira tão estúpida..."

Levantava-se e caminhava. De repente ouviu cantos de muitas aves. Seria delírio aquilo? Não. Tornava a ouvir. Então havia água por ali. Geralmente as aves ficam próximas das águas. E o prognóstico foi felizmente acertado. Ali no meio da mata corria um regato. Deviam ser as cabeceiras de qualquer rio. Talvez o do Coco. Correu tropeçando nos cipós, como permitiam seus pés massacrados. Tirou a rede e as cobertas dos ombros e jogou-se dentro d'água. Bebeu. Bebeu. Molhou o rosto, os cabelos, o corpo. Água! Era tão bom! Água. E fazia vinte e oito horas que não bebia.

Agora ele iria descendo o rio até que a morte o pegasse e o aconchegasse no seu seio. Não morreria mais de sede. Morreria de fome, que é muito mais suave. E começou a descer o rio. Se não morresse e ainda tivesse resistência, talvez o rio fosse dar num ponto, numa pista humana qualquer.

O dia se passou e ele andava. E à proporção que andava o rio aumentava de volume. Joel tinha a impressão de que era a vontade e não o corpo que caminhava. Um homem não poderia resistir a tanto. No dia seguinte ele ia morrer. Olhava com os olhos estonteados e procurava a barriga. Esta já não existia mais. Só tinha ossos e carrapatos. Os gânglios estavam tumefatos e ele pensava consigo mesmo que se uma pessoa o visse era capaz de correr de medo... Andava, já indiferente. Indiferente a tudo. Às vezes via enormes jacarés que à sua aproximação mergulhavam amedrontados no rio que cada vez mais se alargava. Procurando caminho melhor para andar, atravessava continuamente para o outro lado do rio. E acontecia que a água chegava até o pescoço. As piranhas abundavam, e não obstante ser ele uma chaga viva, por milagre, nada faziam. Fato por demais estranho. Havia uma proteção das selvas ou dos céus.

Veio o oitavo dia, e ele caminhava. Queria viver. Caminhava com os braços do desejo, abertos, como se implorassem vida, por misericórdia.

Veio o nono dia. Joel viu que o sol nascera, mas não queria mais andar. Se tinha que morrer, morreria ali mesmo. Para que caminhar e encontrar a morte um pouco mais adiante? Mas levantou-se e caminhou. Não teve coragem de desarmar a rede. Deixou-a pendurada entre dois paus para que os bichos fizessem a sesta. E lá se foi, cambaleando. Rio abaixo. Caminhara quase duas léguas, caindo e levantando. Breve ele cairia de uma vez. O pior era ter a consciência do seu estado até o último momento. Ia caminhando por um campo que beirava o rio quando os seus olhos cansados pousaram sobre uma fogueira extinta. Uma fogueira feita por mãos de homem. Meu Deus! Certamente era a fogueira feita pelos garimpeiros. Então estava retrocedendo? Estava. Levantou os olhos para o rio e viu que havia uma pinguela. Era, de fato, uma passagem. E por essa passagem tinham passado os companheiros oito dias atrás. Era melhor voltar e procurar atingir Mato Verde. Atravessou a pinguela e começou a avançar na esperança de atingir a passagem do Landizal, onde há uma semana tinha se perdido. E o esqueleto de Joel ainda teve equilíbrio para transpor a pinguela. De fato havia uma trilha, e por essa trilha o rapaz foi caminhando. Já então suas forças falhavam a todo instante. Chegava a passar minutos desacordado. Numa das vezes, Joel olhou para cima e contemplou apavorado o céu. Estava cheio de urubus que o acompanhavam. Faziam a ronda da morte. Aguardavam o momento que ele caísse de vez. Mas agora, depois de tanto tempo, quando ele encontrava uma pista, ia morrer? Caminhou, caminhou. Chegou num caminho que já palmilhara. Ah! Ali estava o Rio Landizal. Só então vira o caminho errado que tomara em continuar beirando o Rio Landizal. Daqui a uma, duas léguas chegaria à passagem. Caminhou, caiu, levantou-se muitas vezes. Os urubus voavam em cima, acompanhando-o. Ali estava a passagem do Landizal. A cinco passos de distância. Os lábios rachavam de sede. A cabeça rodou e o mundo perdeu toda a configuração. O corpo tombou. Caiu sobre o rosto. Foi-se virando e enxergou o céu. Os urubus vinham se aproximando na sua ronda de morte. Era incrível ter de morrer quando faltavam seis léguas para Mato Verde e cinco passos para beber água.

Capítulo Décimo Segundo

SEU DIOZ

Seu Dioz é um preto roceiro que vive num lugarejo chamado São João. São João está distanciado de Mato Verde umas seis léguas e fica próximo da passagem do Landizal, uns três quilômetros apenas.

O verdadeiro nome de Seu Dioz é Diolino. Entretanto todos os moradores, que aliás são bem poucos, chamam-no assim.

Seu Dioz entrou no seu rancho, o maior rancho das redondezas, assustado.

Chamou a mulher que batia roupa na fonte.

– Cristova! Ô Cristova!

A mulher chegou, enxugando as mãos no avental.

– Que é que hai, que tu me grita tanto?

– Ih! Cristova, se tu subesse a nuvidade que eu sube...

– Conta logo, home de Deus!

– Eu me encontrei com o Rafael, que tava pastoreando gado na passage de Joaquim Cirilo, e ele me contô que uns garimpero tinha passado, e contaro a ele que havia um home perdido aqui por perto. Tinha ficado perdido sem

91

rota aqui na passage do Landizal. Disque é um homem muito ladino.

– Entonce é bom você percurá ele. Coitado. Quem sabe se a pintada não já cumeu ele?

– Eu maginei otra cosa. Quem sabe esses garimpero num matara ele?

– Cruiz! E se matare ele bem aqui por estas bandas nóis é capaiz de levá a curpa.

– Foi isso que eu tava maginando. Esses garimpero são ruim à beça. Quando dá fé matara o pobre do rapaiz, pra robá o seu dinheiro.

– Acho que tu devera era de percurá quanto antes por ele. Tu nem deve ir para a roça. Ir logo caçá esse home. Se ele ficô mesmo perdido pode sê até que tu ache ele ainda vivo.

– Se é que arguma pintada já num curneu ele...

– Coitado. Que Deus o porteja...

Diolino resolveu procurar o homem perdido. Pegou no rifle, meteu no ombro, chamou a cachorra de caça, enquanto Cristova torrava um pedaço de carne de porco e misturava num saco, com farinha de puba. Quando tudo estava pronto, Diolino falou para a cachorra que estava parada perto da porta.

– Óia, Laranjera, nóis temo trabaio dureza. Vê se tu descobre logo uma pisada.

Depois, Diolino falou para a mulher:

– Tu num percisa ficá cum coidado se eu demorá, pruque eu só paro quando topá cum argurna pisada do home. Só vô descansá quando encontrá ele, vivo ou morto.

– Vai cum Deus e que Nossa Senhora das Candeias lhe acompanhe.

Seu Dioz saiu, acompanhado de Laranjeira que abanava a cauda de alegria. Atravessou o lago que fica perto do Rio do Coco. Encaminhou-se para a passagem do Landizal. Venceu a distância e internou-se no mato. Passou oito dias de batida em batida e nada de pista. Provavelmente os garimpeiros tinham mentido. Não ficara homem nenhum perdido. Isso, eles tinham matado o rapaz e enterrado. Ou talvez tivessem jogado o corpo para os jacarés ou as piranhas.

Vinha voltando para casa e, quando faltavam cinco quilômetros para atingir a passagem do Landizal, ele avistou uma nuvem de urubus no céu.

– Meu Deus, o home já morreu. Cum certeza ele guentô nove dias de fome. Coitado, veio morrê quase na porta lá de casa.

Andou mais depressa. Laranjeira também já avistara os urubus. Era possível o rapaz ainda estar vivo, porque senão os urubus já deviam estar pousados. Quando faltavam dois quilômetros, Laranjeira começou a ganir furiosamente e desabalou em carreira para aquela direção. Foi o que salvou Joel. Quinze minutos depois, Diolino, que caminhava quase correndo, viu uma nuvem de urubus que se levantavam espantados. Fora Laranjeira que os espantara. Teria ela chegado a tempo?

De longe viu que Laranjeira montava guarda perto de um corpo emborcado. Virou-o. Ainda vivia. Correu ao rio e encheu uma cabaça d'água. Começou a lavar o rosto do rapaz. "Era um rapaz moço e bonito. Coitado. Ele devia ter passado muita fome, muita necessidade. E o corpo dele? Só tem ossos. Como está magro! Quanto carrapato, meu Deus! E essas pernas, como estão rasgadas! E os pés, quanto talho e quanto espinho! Aqui, ele está quase sem calcanhar. Debaixo do dedo grande, que terá sido isso? Só piranha dá dentada assim. Está de lábios rachados, deve ser de sede. Ele tem que acordar e beber. Ainda vive. Mas acho que vai morrer, pois respira tão fraquinho. Está abrindo os olhos."

– Bebe moço, só um bocadinho.

O rapaz não podia beber. A garganta funcionava com dificuldade.

– Bebe agora, mais um bocadinho... O rapaz falou com voz sumida:

– Moço, o senhor tem comida aí?

– Não. Num tenho, mais a gente tá perto de casa...

– Estou com tanta fome. Há nove dias que eu estou perdido no mato.

– Eu sube e estava lhe percurando.

O rapaz pediu mais água e tornou a fechar os olhos. Desmaiara de novo. Diolino passou o rifle do ombro direito para o ombro esquerdo e carregou o rapaz nas costas, até a canoa. Deitou-o dentro dela e remou em direção ao porto de casa. Cristova batia roupa.

– Cristova, achei o home. Ele tá quasi morrendo.

– E coitado, cumo ele tá martratado. Vamo depressa, Dioz, eu vô na frente pra armá uma rede pra ele.

Chegou ao rancho. Depositou o rapaz na rede.

– Faiz um chá de laranja pra ele, Cristova. Um chá bem quente. Eu vô acordá ele. Perciso arrumá uma carça véia pra ele, que num pode ficá assim nu. Mesmo, as menina tão pra chegá da roça e vão ficá espantada com o home sem ropa.

Cristova fez o chá e três ovos quentes.

– O ovo está pronto. Você vestiu ele, Dioz? Enrola bem no cobertô que ele tá muito gelado. Mais óia Dioz que estrago tá no corpo dele. Cumo tá ferido. Vamo vê se a gente acorda ele de novo.

– Moço, moço, o senhô abre os óio um bocadinho... Joel começou a despertar. Olhou em volta e viu as fisionomias tão amigas e ansiosas dos dois pretos.

– O senhô percisa bebê um bocadinho desse chá. Assim... Engula devagazinho.

– Agora tome mais um pouco. Será que o moço aguenta tomá esses ovo? Tá bem molinho. O senhô bebe aos pouco, pruquê tá muito fraco.

Desse jeito foram as primeiras refeições de Joel. Mal engolia alguma coisa adormecia imediatamente. Quando começou a ingerir alimentos mais sólidos, foram aumentando o delírio e tonturas, provocados pela fraqueza. Depois começou a melhorar. De quando em vez, abria os olhos e dava com seu Dioz sentado, em frente à rede, observando-o. De uma feita Joel começou a falar:

– O senhor foi o que me achou na passagem do Landizal?

– Foi eu mesmo.

– Que distância tem de lá até aqui?

– São treis quilômetro bem meçados.

– Como foi que o senhor me trouxe até aqui?

– Carreguei o senhô nas costa.

– Puxa, eu devia ter ficado bem ruinzinho, porque não vi nada.

– Se estava... eu pensei que o senhô fosse morrê...

– Parece que agora já passou o perigo, não é, seu...

– Diolino... Mas moço, cumo é que dexaro o senhô ficá assim abandonado nesse mato?

– Falta de camaradagem, seu Diolino. Eu viajava com uns companheiros, perdi-me deles, e eles, parece que quiseram, mas tiveram medo de me procurar.

– Eu sube disso, eles avisaro um amigo meu que tava pastoreando gado, lá na passage de Joaquim Cirilo. Ele então me contô tudo. Eu vim percurá o senhô, pensando que tivesse matado vosmecê.

– Eles estavam bem perto. Eu ouvia os tiros deles e eles não vieram me buscar por falta de camaradagem. Mas isso não vai ficar assim. Eu me vingo disso tudo.

– Eles dissero que o senhô ia sem dinheiro, sem boia e que ia tê uma morte triste.

– É. Mas eu não morri e isso vai custar muito caro.

– Se eles fore falando isso pelo caminho é capaiz de prendere eles, pensando que eles mataro o senhô.

– Nada, eles são sabidos demais. Não vão falar uma coisa destas. Agora, seu Diolino, eu queria saber há quantos dias eu estou deitado aqui.

– Há treis dias.

– Hum! Eu preciso ficar mais forte, ir para Banana Brava. Lá eles vão me pagar direitinho por tudo quanto eu sofri. O diabo é que eu não sei o caminho...

– Eu também vô pro garimpo. Eu vendo sempre uns trem lá. Tou cuma carga pronta. E se num fôsse tê de caçá o senhô, eu já teria levado essa carga e já tava vortando.

– E o senhor espera até que eu melhore um pouco? Escute, seu Diolino, como o senhor vê eu não tenho nada para poder lhe pagar, mas se a gente for junto, garanto que o senhor não terá que se arrepender.

– Não, moço, num tá vendo que aqui ninguém vai cobrá nada do senhô? A gente tá vendo o estado que lhe dexaro... A gente fazia isso por quarqué otro que ficasse assim. Graças a Deus, ninguém faiz questão disso. O senhô aqui passa mal, mais o que nóis cumê chega também pro senhô.

– Obrigado, seu Diolino. Mas no garimpo eu faço questão de gratificar ao senhor. Agora eu vou ver se durmo um bocado, porque ainda me sinto muito fraco.

Dois dias depois Joel melhorara bastante, o suficiente para dar algumas passadas. Era maravilhosa a caridade de seu Diolino. O sertanejo é antes que tudo caridoso. Pratica a caridade das escrituras santas: faz com a mão esquerda e a mão direita não toma conhecimento. Todas as noites seu Dioz acendia uma candeia de óleo de mamona e começava a tratar dos pés de Joel. Tirava espinhos, espremia pus, lavava-os com água e sal. Enxugava-os e passava um esopo[38] de algodão com óleo de mamona.

– Seus pés tão mesmo uma lasma!

– Mas agora parece que eu vou ficar bom. Como eu fiquei magro, hem, seu Diolino? Pareço até caveira.

38. Emplastro.

– Também pelo que o senhô andô passando... Foi até milagre de Deus o senhô tê passado nove dia nesta mata e tê ficado vivo. Eu conheço essas mata, moço, pruque fui criado nelas. Mais aí, é muito perigoso demais para se andá cumo o senhô andô. Sem arma, sem fogo...

– O senhor vai ver, seu Diolino, que eu tiro vingança e muito bem feita disso tudo.

Capítulo Décimo Terceiro

GARIMPO

Somente no sertão se encontra uma coisa pitoresca e gostosa assim: um rancho como o de seu Dioz. É verdade que todos os ranchos do sertão são gostosos e pitorescos. Não têm a falsidade e o fingimento da cidade. Existe a pureza de costumes e a ingenuidade no tratar. Que simplicidade ainda eles usam no falar... No rancho de seu Diolino tudo era interessante. Onde e em que parte, em que cidade se encontra um lar cujos habitantes tenham nomes tão deliciosos como no rancho de seu Diolino? A mulher chamava-se Cristova. As duas filhas, uma era Generosa, a outra Vitalina. A sogra era Orozimba e havia ainda uma sobrinha chamada Zefa. Imagina só, Diolino, Cristova, Generosa, Vitalina, Orozimba e Zefa. Somente no sertão se encontra uma coisa assim. Nas cidades, o povo perde um tempo imenso criando nomes para os filhos. Quando não inventam, procuram copiar das artistas de cinema, e daí, as Marlenes, Gretas e Normas etc. Às vezes imaginam nomes tão extravagantes que os próprios padres não admitem no batismo, porque temem cometer algum pecado. Mas no sertão não tem disso. Tudo é tão simples...

Pensando nisso Joel sorria. Depois de tantas atribulações passadas, ele começava a achar novo encantamento na vida. Já quase era membro da família de seu Dioz. As meninas lhe tomavam a bênção de manhã e de noite. E Cristova o chamava de compadre. Isso talvez na esperança de que ele fosse o padrinho de mais um membro da família a surgir para o mundo. E tanto carinho, tanto acolhimento rústico, quando apenas fazia uma semana que ele habitava aquele rancho.

De noite faziam uma fogueira bem grande e começavam a conversar. Joel contava coisas das cidades, falava dos teatros, cinemas, ruas, prédios etc. Eles ouviam e davam os mais disparatados apartes possíveis. Aquilo era algo de gostoso para Joel. Outras vezes ele cantava e tocava violão. Queriam até que ele ficasse para cantar no terço de Santa Ana, que faziam todos os anos. De manhãzinha, faziam nova fogueira e vinha todo mundo esquentar o frio. Chamavam "esquentar o fogo".

A vida corria calma e feliz para Joel. Às vezes sentia-se mal em tornar à realidade, em saber que iria para o garimpo, onde teria de praticar um plano diabólico, criminoso...

Uma tarde, quando todos retornavam da roça, Joel chamou Diolino e falou:

— Sabe, seu Diolino, eu já estou em forma, já posso caminhar sem grande dificuldade. Vamos embora para Banana Brava?

— Mais seu Joel, os seus pés inda tão inchando muito. O senhô num vai guentá não.

— Aguento, sim, seu Diolino.

— E quando o senhô qué ir?

— Vamos depois de amanhã.

— O senhô tá querendo mesmo ir, seu Joel?

— Claro que eu quero ir, seu Diolino. Eu gosto muito daqui e de todos, mas tenho que ir mesmo pro garimpo. Aqui eu não posso resolver a minha vida...

E dois dias depois, seu Dioz arrumava a égua magra, jogava uma cangalha rústica, e colocava de um lado os samburás de arroz e do outro, os amarrados de toicinho. Sempre ele vendia assim no garimpo, aproveitando a exorbitância dos preços. Quando tudo estava pronto, Joel deu adeus a todos e partiu, francamente, sinceramente sentido daquele rancho de pretos que o tinha acolhido como um filho.

– E agora, seu Dioz, quantas léguas temos que andar?

– O povo dá quarenta, mais tem muito além disso. Eu dô umas quarenta e cinco.

– E quantos dias nós vamos levar caminhando para vencermos essas léguas?

– Depende do senhô andá bem. Se a gente tirá em cinco dias ou seis se caminhô ótimo.

– Então vamos ver se a gente tira nesse tempo. Porque quanto mais ligeiro a gente caminhar melhor para os meus planos.

Deixaram São João para trás. Depois, conforme os dias iam se passando, ele ia conhecendo novos lugares e nova gente. Em cada canto fazia camaradagem e recebia convite para demorar uns dias. Todo mundo do sertão é hospitaleiro. E ainda mais, quando se tem uma história triste e trágica, leva-se todas as vantagens, recebe-se muitos presentes e votos de felicidade. Todo mundo se comovia com a história de Joel, que seu Diolino fazia empenho de espalhar. Todo mundo ficava horrorizado, porque se colocava no lugar do moço e sentia todo o domínio da selva que ficava perto. A selva estava ali bem próxima e podia fazer o mesmo a qualquer um deles. Por isso eles compreendiam bem a história de Joel. Joel passou pela passagem de Joaquim Cirilo, no Rio do Coco, onde havia sempre uma canoa para transporte de gente, de uma margem para outra. Depois foi conhecendo lugares como o sítio de José Petronilo, Três Lagoas, As Cangas, Zeferino Lobão e outros lugares pitorescos e de nomes engraçados. Ansiava por chegar ao garimpo.

Uma manhã seu Diolino participou: "Amanhã, nóis começamo a enxergá os garimpo".

E os garimpos vieram. Ao longe se via a fumaça azulando, subindo ao céu, fumaça das queimadas dos campos de Banana Brava. Já começava a se avistar os estragos do fogo, devorando os campos para a descoberta de novos garimpos. E a ambição dos homens acendia o fogo, fazendo queimada antes do tempo das queimadas, queimando o capim muito antes de as águas chegarem. Prejudicando quem possui animais ou pretende fazer roças. Mas as mãos assassinas da cobiça humana não respeitam a vida simples do pobre homem do sertão. Pobre de quem tem uma roça e perto dela surge um garimpo. Perde os campos e as roças são assaltadas de noite e devastadas por ladrões. Não chega a colher o fruto de um trabalho de meses. E o garimpo se aproximava. Duas léguas antes de se chegar no centro de qualquer garimpo, entra-se nos campos queimados. Se olhasse de avião, provavelmente ter-se-ia a impressão de o campo ser uma zebra enorme, ostentando o dorso listrado. O campo cheio de cruzes negras, e os riscos brancos dos caminhos e das pistas surgiam de um modo quase original. De longe também parecia uma enorme camisa de malandro, estendida no coradouro dos campos. Todo caminho percorria região montanhosa e, cada vez mais que se aproximavam dos garimpos, as ladeiras se sucediam às ladeiras. O caminho era mais que pedregoso. Já havia gente que cavava catras bem fora das localizações dos terrenos. Avistava-se bem nitidamente a buraqueira das catras, dos garimpos menores que circundavam Banana Brava. Era impressionante a visão. Uma nuvem de poeira vermelha subia constantemente aos céus, poeira rubra feita pelos cigarros rubros dos braços humanos. O marretar das pás e picaretas tonitroava constantemente. O terreno dos morros estava esburacado demais. Era uma vileza estragarem o solo daquele jeito. A mãe natura deveria ficar aborrecida pelo trabalho que teria de ter mais tarde, se quisesse cerzir os rasgos da meia da terra... Havia algo notável e desumano que amedrontava e entristecia a vista do espectador. Pairava no ar um sabor de crime e de desgraça. E havia também uma interrogação muda e sem resposta para todos que chegavam confiantes num futuro melhor. De todas as partes surgiam caminhantes. Ora descalços, ora montados em burros... Muitas vezes rebocando enormes famílias, numa vida nômade e errante.

Ali estava Banana Brava, cercada de seis menores garimpos. Ali estava o cenário de tantas grandezas e misérias.

Joel sorriu tristemente antevendo o plano monstruoso que ele próprio iria ali realizar.

Capítulo Décimo Quarto

O RANCHO DE SEU INÁCIO

– Sabe, seu Diolino, eu estou louco para chegar ao garimpo e descansar em qualquer parte. Meus pés doem-me horrivelmente.

– Eu bem vi que o senhô num guentava essa caminhada... Mais o senhô quis fazê...

– Mas agora é besteira lastimar. Do jeito que os meus pés estão inchados acho que, quando me deitar, vou passar muitos dias sem poder me levantar.

– Tamém esses pés tão muito martratado. As curubas[39] são cheias de puis e barro, misturado.

– Isso se lava.

– Elas tá muito feia, seu Joel. É perciso que o senhô tome muito coidado. Isso pode dá numa curuba muito dificulitosa[40]...

– Bem, vamos deixar de falar em curuba e tratar de coisa mais séria. Escute, seu Diolino, como é que a gente vai se

39. Pereba, ferida.
40. Difícil.

arrumar lá no garimpo? O senhor conhece alguém que nos possa dar pouso?

– Lá, eu cunheço um caboco forte cumo marroá, chamado seu Inácio. Ele tem um ranchão marmo e todo mundo que chega lá pode armá a rede e posá.

– Se existe gente boa, é por esse sertão afora...

– Quanto à boia o senhô num percisa se arreceá, ele tamém dá boia pro senhô até meiorá de vida.

– Mais cedo ou mais tarde ele não ficará sem a minha gratificação.

– Entonce vosmicê vai ganhá muito dinheiro assim?

– Vou mesmo, seu Diolino, e o senhor vai me ajudar nisso.

– Eu, seu Joel?

– Sim, seu Diolino. Mas não tenha medo que não lhe acontece nada.

Quando chegaram ao rancho do seu Inácio, já o dia se espreguiçava e as nuvens do poente vestiam um pijama vermelho para o repouso da noite. Acenderam a primeira candeia. Seu Inácio não estava. Como seu Diolino conhecia o povo da casa, não havia dificuldade alguma. Joel armou a rede bem no centro do barracão.

No rancho havia outras redes. Era de gente que também pedia pousada e passava às vezes muito mais que uma semana, sem que isso fizesse a menor diferença para o dono da casa.

Joel deitou-se. Os pés ardiam e estavam muito inchados. Sabia que pelo menos iria passar uns três dias sem poder levantar-se. Até que melhorasse dos pés...

Entretanto pediu a seu Dioz que fosse colhendo informações sobre os garimpeiros que haviam sido os seus companheiros. Como tinham vindo para o mesmo garimpo, forçosamente haviam de encontrá-los. Tarefa um pouco difícil, mas não impossível de todo.

Seu Inácio chegou um pouco depois. Que pedaço de homem. Tinha bem uns dois metros de altura e era de um físico dobrado, apesar de ser magro. Tinha uns braços de enormes proporções. E não era para menos. Ele sozinho derrubava a mata, brocava e fazia roça e nos tempos que não podia fazer plantação, tomava conta da boiada que ficava a quase duas léguas de distância do seu rancho.

Gostou de Joel. Em toda parte, o sujeito que tenha boa palestra leva sempre uma cartada a favor. No sertão há ainda muito mais essa vantagem. O indivíduo que assim proceder ganha logo o título de ladino e não raro o de doutor. Inácio, toda hora que podia, chegava-se à rede de Joel e pedia que lhe contasse coisas da cidade, coisas que ele não conhecia e nem poderia compreender, por mais que quisesse.

– Pois olhe, seu Joel, eu num dava mesmo para vivê nesses lugá. Lá isso é vida pra ninguém? Só o troço da gente vivê carçado... O senhô magine que eu tenho um par de botina, há quase seis ano e ainda não botei meia sola.

– De fato o senhor tem razão, seu Inácio. A vida do campo é mais sadia e melhor de se viver. Não tem nada de luxo. A gente, se não tem camisa, pode andar sem ela que ninguém repara. As crianças, se não fosse a febre, seriam muito mais sadias do que as da cidade. E assim mesmo são. Olhe só o seu filho Domingos. A gente que não conhece ele pensa logo que ele tem uns seis anos. Eu mesmo fiquei admirado quando o senhor me disse que ele ainda não tinha feito quatro. Imagine, seu Inácio, que aqui pode-se viver até sem dinheiro. O senhor pensa que isto aconteceria na cidade? Nada. A gente, lá, se não tem dinheiro morre de fome. Aqui não, o povo é bom. Gosta de ajudar aos outros. Na cidade todo mundo vive para si. Prefere antes de tudo a comodidade pessoal.

Seu Inácio às vezes coçava a cabeça. E quando assim fazia, Joel tratava de ser o mais simples possível, pois via que ele não estava compreendendo. Era um gesto imensamente gostoso de se apreciar, tal a ingenuidade com que era feito.

– E o senhor, seu Inácio, nunca teve sorte no garimpo? Nunca apanhou uma pedra boa?

– Quá, seu moço. No começo, quando começaro a cavá por aqui, ainda achei umas pedrinha de cristal.

Mas vendi muito barato, pruquê num sabia cumo se vendia elas. Podia até tê enricado se subesse. Agora, não. Tudo tá muito difícil. Eu num sô homem pra passá um ano cavando terra, me arriscando a ficá enterrado lá dentro, sem tirá nada que preste. Assim eu faço a minha roça e vô vivendo cum minha muié e meus fios.

– É melhor assim, seu Inácio. O garimpo é mais um castigo do que um prêmio. Ninguém pode ser feliz num ambiente como esse. Cheio de crime e de desgraça.

– É mesmo seu Joel. O senhô tem muita razão. Esse ano eu num vô mais prantá por aqui. Eu tenho uma trabaeira danada e quando cumeça a dá, me robam tudo. Eu perco mio, quebram meu arroz. Meu mandiocá fica para os burro e as vaca dos otros. Se chega gente e me pede emprestado o currá, quando eles leva a boiada embora, deixa tudo derribado. Lá tenho eu que ir pro mato cortá pau pra endereitá os estrago que os otros fizero. E muitas vezes nem me agradece. Outras vezes aparece boiada no meu currá, que o dono nem me pediu pra botá.

– Se fosse comigo eu soltava a boiada. Ou então quem quisesse botar boi no meu curral tinha que pagar 1$000 por cabeça e por dia.

– Eu já tentei fazê isso. Mais ninguém qué pagá. E eu sô mesmo besta. Tenho pena de sortá os bicho que num tem curpa nenhuma.

– É mesmo, seu Inácio. A gente tem uma coisa chamada coração que só serve mesmo para atrapalhar. Mas sabe, seu Inácio, eu agora não vou ter piedade de ninguém. Não vale a pena. Quando chega a nossa vez, ninguém tem o menor gesto de pena.

– Garimpo quando chega num lugá, só dá mesmo pra fazê a gente ficá ruim. O senhô vê as queimada? Queima tudo antes do tempo. Estraga os pasto. Fica-se sem pieiro[41] para se botá os animais. E vão queimando, em qualquer parte do ano. Abastam desconfiá que tem garimpo por ali. Eu quando dô fé vô vendê o meu rancho e me mudo pra otro lugá bem distante daqui...

– Eu me admiro como o senhor vai dando pousada a tanta gente que o senhor não conhece...

– Num faiz mal não. Aqui ninguém se mete a besta, porque eu amasso o jiló. Depois o rancho é grande que é danado, num custa deixá drumi. Quando tem noite que chove ou muito fria, isso aqui fica tão cheio de rede que nem se pode passá. Todo esse povo que mora aí pelas beradas do regato e que num tem rancho corre pra cá. E eu tenho pena e deixo.

– É. Faz pena saber que se pode deitar num lugar coberto e ter tanta gente dormindo na chuva e no sereno.

– Engraçado é vê cumo chega povo de todo canto. Às veiz vem gente lá das banda de Piauí, Maranhão e às veiz vem lá do sul do Ceará.

– Aposto como uma porção deste povo, quando não volta no mesmo dia, se arrepende de ter vindo.

– Quando dá fé o senhô tem razão, seu Joel.

E os dias iam passando. Uma manhã Joel constatou que podia andar com menor dificuldade e menos dor...

Ia começar a pôr em prática todos os seus planos.

---

41. "Peeiro" ou "pieiro" – de peia ou atilho, lugar onde se põe as peias nos animais, que podem caminhar sem fugir.

Capítulo Décimo Quinto

2:500$000

Joel brincava com a filhinha do seu Inácio. Era a filhinha mais moça e chamava-se Maria. Tinha a graça ingênua de toda criança que começa a balbuciar e que quando caminha parece ficar indecisa para que lado vá cair, tal o desequilíbrio do corpinho. Maria brincava com uma lata de talco vazia. Apanhava a lata que Joel arremessava sempre pertinho e trazia sempre sorrindo para a rede de Joel.

Aquela lata de talco era talvez o mesmo que a boneca que ela nunca conheceria. As mães do sertão nem sequer sabem fazer bruxas de pano para as muitas Marias que existem por ali. E mesmo que a lata de talco fosse uma boneca de louça, uma hora dessas já estaria feita em cacos e Maria choraria muito. No sertão não é preciso que as mães deem bonecas às filhas com o intuito de nelas desenvolver o sentimento de maternidade. Ali não existe o preconceito idiota de a mulher ofender e violar a mais sublime lei feminina: ser mãe. As mulheres do sertão que começam como Maria, brincando com as latas vazias de talco, e que muitas vezes crescem sem conhecer um sapato sequer, sabem compreender que a mulher, para ser verdadeiramente mulher, é preciso ser mãe.

Joel ia pensando essas coisas, enquanto jogava a lata de talco, que por sinal não era lata. As latas de talco são feitas de papelão. E tal era a alegria da criança, que o rapaz não pensava no aborrecimento deste brinquedo contínuo e cansativo.

Entretanto, seu Diolino vinha chegando.

– Seu Joel, eu acho que achei os garimpero que o senhô percura.

Joel interrompeu o brinquedo e Maria lançou uns olhos grandes para seu Diolino, como se na sua ingenuidade o chamasse de intrometido. Maria apanhou a lata de talco e caminhou nos seus pezinhos para a cozinha.

– Verdade, seu Diolino? Que bom!

– Descobri que eles tão trabaiando num monchão, ali do lado esquerdo de quem sobe o corgo. E mora num barraco do otro lado da cidade, perto do campo que tão fazendo para avião.

– Bem, seu Diolino. Agora o senhor vai me prestar um favor maior do que esse que já me fez. E só o senhor poderá me ajudar.

– Eu posso sim, seu Joel. Mas tem que sê hoje, pruquê amanhã bem de menhãzinha eu saio pro São João de vorta pra casa.

– Dá-se o seguinte. Eu preciso que o senhor me acompanhe até o capitão...

– O capitão, seu Joel? Não, eu acho que não vô não.

– Mas por quê? Ele é um homem como todos nós. Não precisa ter medo dele.

– Mais disquê ele tem um gênio macho pra burro...

– Ora, seu Diolino, um homem como o senhor, acostumado a caçar onças e outros bichos perigosos, ficando aí com medo de um simples capitão, que afinal não passa de um homem como qualquer outro.

– Mas seu Joel, ele prende quarqué um e pur quarqué coisinha deporta.

– Que história é essa de deportar? Já diversas vezes ouvi falar disso.

– É que quando ele pega um sujeito que seja bem maludo, ele manda Rio Tocantins abaxo e o camarada nunca mais aparece. Deporta pruma cidade que o home nunca chega.

– Mas o que eu vou fazer, seu Diolino, não tem perigo algum, porque eu estou com todas as cartas na mão. Não há perigo algum se o meu plano falhar.

– Mas se nóis vamo pará nos Pati?

– Pati? Que negócio de Pati é esse, que também não sei? Eh! Seu Diolino, o senhor hoje está cheio de novidades...

– Não, seu Joel, num é nuvidade não. O Pati é uma coisa marma. É a prisão. A prisão é toda cercada de pau de pati. Num tem teto nem nada. Dão na pessoa. Pode ele sê muié ou macho. Depois joga ele no Pati e deixa os guarda tomando conta. Se argum tentá fugi, eles tem o dereito de tocá bala.

– Mas, seu Diolino, venha cá. O senhor acha que eu que sou seu amigo vá arranjar para o senhor uma coisa assim arriscada? Claro que não. Mesmo, se houvesse qualquer perigo, a única pessoa que sofreria as consequências seria eu.

– Mas imagine, seu Joel, se acontece quarqué infelicidade cum a gente. Que é que Cristova vai pensá de mim?

– Escute, seu Diolino. Eu dou a minha palavra como nada vai acontecer. O senhor pode voltar sem perigo para a sua mulher e os seus filhos. Eu pensei que o senhor quisesse me ajudar. Porque a única pessoa que poderia me ajudar era o senhor. Mas se tem medo, seu Diolino, não é preciso...

– Se o senhô acha que num hai perigo...

– Se houvesse que arriscar alguma coisa, eu não ia chamar uma pessoa que só me tem feito bem e a quem eu devo a vida...

– Pois seu Joel, o senhô pode contá comigo.

– Eu sabia que o senhor não ia deixar-me numa situação dessas. Agora eu preciso saber de uma coisa. O senhor já viu o capitão?

– Já, seu Joel. É o tipo do home mal-encarado.

– Veja se me faz a descrição dele.

– Que é fazê uma descrição dele?

– Dizer como é que ele é.

– Hã! Ele é um home arto de ombros largo. Um poco mais baxo do que o senhô. Tem os cabelo vermeio que nem brasa. Uns óio azuis ruim à beça. Usa bigode vermeio. Mas eu já ouvi ele falando. Tem um jeito de falá que causa medo.

– Pois olhe, seu Diolino, o senhor vai ver que ele vai nos receber e muito bem. Vai mesmo.

– Quando dá fé é mesmo. O senhô tem um jeito de fazê a gente fazê as coisa...

– E não precisa ficar com o menor receio. Garanto como eu queria ter tanta certeza ao fazer uma coisa, como tenho ao falar com o capitão.

– Mais seu Joel, eu num compreendo o que eu vô fazê lá.

– O senhor vai provar que me achou no mato, apenas.

– Mais isso nem é preciso prová. Todo mundo acredita...

– Nada disso, seu Diolino. Aí é que o senhor se engana. O capitão é um sujeito que não se pode embromar de qualquer jeito. E no garimpo todo mundo é desconfiado. Veem todo o tipo do indivíduo, assassino e foragido da lei. E se eu contar a minha história podem pensar que eu estou mentindo...

– E eu vô ajudá em muita coisa?

– Pois sim, seu Diolino. O senhor vai apenas testemunhar que me encontrou na selva, quase morrendo, me levou para o seu rancho etc.

– Mas isso foi verdade, seu Joel.

– Pois eu vou falar muita verdade ao capitão. Tanta verdade que se eu contar uma mentira, o próprio capitão jurará como é verdade.

– Eu num sei não, seu Joel, se o que o senhô vai fazê vai dá certo. Olhe que esses garimpeiro dão a vida pra se vingá. Se o senhô faiz arguma coisa a eles, mais tarde, paga na certa.

– Que esperança. Tenho uma ideia de vingança que esses garimpeiros vão morder-se de raiva. Eles vão pagar bem caro a maldade que me fizeram. Não, seu Diolino, não posso falhar no meu plano.

– E o senhô, seu Joel, vai ganhá arguma coisa cum isso?

– Exatamente 2:500$000.

Capítulo Décimo Sexto

A VINGANÇA

– Vamos agora mesmo, seu Diolino. O capitão dá audiência das dez às onze e de uma às cinco. Essa é a hora em que a delegacia fica mais vazia.

– O senhô qué ir mesmo, seu Joel?

– É lógico que sim. Tenho esperado por esse momento há mais de um mês. Não vou desistir sem motivo.

– Então vamos.

Chegaram à delegacia. Um enorme casarão. Das poucas casas que se davam ao luxo de usar chapéu de telha.

Joel hesitou um momento. O golpe que ia dar era sórdido e arriscado. Se quisesse ainda estava em tempo. O homem tem uma coisa chamada consciência que sempre está falando nos momentos mais impróprios. Era tão bom que a consciência do rapaz não falasse nesse momento. Seu Diolino encarou Joel e, se fosse perspicaz, teria conhecido a hesitação do moço. Joel pensou que não devia dar a conhecer que tinha medo. Mas ele tinha. Podia mentir a todo mundo que tinha coragem, mas não passava de um medroso. Um covarde. Um indivíduo que pratica uma vingança fria, premeditada, é mais que um covarde, é um ínfimo.

Entraram. Um praça que servia de guarda aproximou-se.

– Desejam alguma coisa?

– Queríamos falar com o Capitão Gil.

– Assunto jurídico?

– Não. Uma questão particular.

– Porque se não for uma questão particular, o capitão só atende na parte da tarde.

– Mas é uma questão particular.

O praça entrou. Pouco mais o capitão chegava à sala de audiências. Era um tipo forte e quase igual à descrição feita por seu Diolino. Joel apresentou-se.

Contou toda a história como planejara. O capitão ouvia cabisbaixo e pensativo. No final levantou a cabeça e perguntou:

– O senhor tem algum documento de identidade?

– Eis aqui minha caderneta de identidade e a de reservista.

– E que provas o senhor me dá de ter ficado abandonado na selva e de ter sido roubado?

– Isto, capitão, é mais uma questão de crédito. Que provas poderei dar ao senhor? Mostrar as minhas pernas e os meus pés neste estado é já uma prova. Não creio que o senhor vá pensar que eu fiz isto de propósito. Era preciso que eu fosse um criminoso nato...

– Que coisa horrível! Todas essas cicatrizes. O senhor deve ter sofrido muito.

– Sofrido muito? Passei um inferno. E além do mais esse senhor que aqui está, chamado Diolino, foi quem me achou, já quase sem vida.

O Capitão Gil olhou dessa vez para seu Diolino.

– O senhor, que faz na vida?

– Eu, capitão, trabaio na minha rocinha e de veiz em quando venho até o garimpo pra vendê toicinho e arroz.

– O senhor achou mesmo esse homem?

– Achei sim senhor. Na passage do Landizal.

– O senhor é morador naquela região?

– Sim, senhô. Eu moro cum a muié e duas fia, num lugá distante da passage, treis quilômetro. Num lugazinho chamado São João.

– E como o senhor soube que tinha um homem perdido nas selvas?

– Eles avisaro um amigo meu que tava pastoreando gado. E cumo era perto da minha casa eu fui procurá. Pensando que tinha matado o home. E nóis ficou cum medo que a curpa caísse na gente.

– Quantos dias o senhor procurou o rapaz?

– Oito dias.

– Bem, seu Joel, o senhor passou um pedaço duro, não?

– Se passei, capitão.

O capitão agora acreditava na história de Joel. Com todas aquelas provas qualquer um acreditaria.

– Quanto eles roubaram do senhor?

– Dois contos e quinhentos. Sim. Tem um chamado Samuel que me roubou também um paletó de casimira inglesa, feito no Rio e que eu já possuía há três anos.

– Eu vou mandar pegar esses homens. E eles vão negar tudo. Mentem um pedaço.

– Eles são salafrários sem consciência.

– Garimpeiro é assim mesmo. Agora o senhor aprendeu e não confiará mais em garimpeiro. Cada dia, chegam a mim casos desse gênero. É a pior classe de gente que pode existir.

– O senhor Capitão Gil deve levar uma existência pavorosa. É preciso ter peito para aguentar um posto como o seu, numa terra onde ninguém sabe o que é remorso ou piedade.

– Eu tenho que fazer o mesmo que eles fazem. Não ter piedade também. Por exemplo no seu caso, pode-se ter piedade?

– Quando eu estava nas selvas, perdido, desesperado, desejei muito mal a esses garimpeiros. Mas hoje que tudo isso passou e que começo a ter uma esperança na vida, já não existe em mim esse mesmo espírito de vingança.

– Mas eu não posso deixar um caso deste, sem tomar as necessárias providências.

– Bem, Capitão Gil. Esses casos requerem uma providência, eu sei. Porque é preciso que não se repitam. Mas o capitão não vai ser demasiado exigente. Aliás eu vim aqui apenas para que eles me devolvessem o que me tiraram. Nem pensei que eles fossem sofrer alguma consequência grave.

– Mas o senhor deve ser muito inexperiente na vida. O senhor não sabe que a lei do garimpeiro é a morte? E que o roubo é a maior causa para este fim?

– Sim, capitão, eu sei. Mas o senhor compreende, eu sou de um outro ambiente, não tenho estes gestos e pensamentos desumanos que sempre atingem esses desgraçados. Ficaria a vida inteira com remorsos se soubesse que quatro homens morreram por minha causa.

– O senhor está tendo piedade para quem nunca teve.

– Eu sei, capitão. Mas peço que o senhor seja benevolente.

– Que quer que faça, meu amigo? O senhor me entrega quatro ladrões e eu sou obrigado a puni-los. Se eu não der um castigo adequado, eles procurarão vingar-se do senhor. Matá-lo-ão na certa.

– Então, capitão, o senhor fará o que o seu espírito justiceiro achar que está de acordo.

– Vou mandar o Sargento Ventura dar uma busca no barracão deles e trazê-los aqui, daqui a uma hora. Quanto foi a soma de dinheiro que eles tiraram do senhor?

– 2:500$000.

– O senhor sabe se eles traziam armas?

– Eles traziam duas armas, Um Colt e um HO.

– Tenho que tomá-las, porque, na certa, essas armas não são registradas.

– E não são mesmo, capitão.

– Vamos fazer isso: o senhor vai almoçar e eu vou tomar as providências necessárias. Ou... melhor, o senhor almoça hoje comigo. Daqui a uma hora nós resolveremos a situação.

Joel sorriu interiormente. O golpe estava dado e o capitão caíra como patinho.

•••

– São esses homens que o senhor teve por companheiros?
– Sim, senhor. Aquele lá é o Zequinha. Aquele com cara de ladrão é o Dico. Este aqui é Samuel e aquele feioso, o Henrique.
– O senhor acusa estes homens como autores de um roubo, atentado contra a sua pessoa?
– Exatamente, capitão. Acuso também o fato de ter sido abandonado nas selvas.

Henrique arregalou os olhos e não se conteve, falou:
– Mas, Joel, será que...

O capitão estava completamente cego pela história de Joel. Virou-se para os quatro e ameaçou-os.
– Não perguntei nada a ninguém. No garimpo, ladrão e prostituta não têm direito de se defender.

Dico murmurou com voz soturna:
– Cala a boca, Henrique, num dianta nada a gente se defendê.

– Digo mais – continuou o capitão –, se começarem a falar sem ser interrogados não terei a mínima complacência.

E virando-se para o sargento:
– Sargento Ventura, o senhor achou alguma arma?
– Sim, Capitão Gil. Um Colt e um HO.
– Encontrou algum paletó de casimira?
– Encontrei este aqui.
– É esse o seu paletó, seu Joel?
– Esse mesmo, capitão. Pode ver a marca do alfaiate. Tem a marca da alfaiataria Leoni.
– Tem mesmo esta marca.

– Sargento Ventura, o senhor encontrou algum dinheiro?

– Reunindo o dinheiro de todos, achei 2:300$000.

– Já gastaram 200$000 – murmurou Joel.

– Sargento Ventura, o senhor me apanha uma picareta e amasse essas armas. Sempre faço assim quando aparecem armas que se possam virar contra a lei.

Depois o Capitão Gil juntou as cédulas que estavam sobre a mesa, contou-as e ofereceu-as a Joel.

– Eis aí o dinheiro que lhe pertence. Virou-se para os garimpeiros:

– Os senhores cometeram três crimes sem perdão. Primeiro por possuírem armas sem registro. Segundo por despojarem um companheiro dos seus bens. Terceiro, porque o abandonaram em pleno coração das selvas. Bastava o segundo crime para condená-los à pena máxima, de acordo com as leis dos garimpos. Entretanto, os senhores agradeçam ao bom coração do rapaz, que pediu que eu fosse indulgente.

Chamou o Sargento Ventura:

– Leve-os para o Pati e aplique quinhentas chibatadas nestes dois mais fortes e trezentas nestes dois mais fracos. Depois deixe-os recolhidos até segunda ordem.

Joel agradeceu ao Capitão Gil.

– Agora, rapaz, quando você tiver que viajar, tome cuidado com os companheiros. A gente não escapa duas vezes do que o senhor escapou.

Joel saiu com seu Diolino, que assistira tudo.

– Agora, seu Diolino, o senhor vai aceitar esses duzentos mil-réis...

– Não, seu Joel. Muito obrigado. Devia sê otro que tivesse achado o senhô, não eu. Prefiro ganhá meu dinheiro com toda a dificuldade. Acho que esse dinheiro vai trazê mardição e desgracera.

Joel ficou pasmo. O negro de fato era um homem às direitas e ele o que era? Um mentiroso, falso, caluniador. Por sua

118

causa quatro homens iriam pagar muitos dias, com as costas lanhadas de vergões. E em cada gemido que eles dessem, haveria uma eterna maldição, que formaria talvez, mais tarde, um canto desgraçado de vingança.

Segunda Parte

DESTINOS

Capítulo Primeiro

A QUEIMADA

Seu Inácio, encostado no mourão do curral, fitava o turbilhão de fumaça que cada vez mais se avolumava. Tinha nos olhos uma tristeza imensa. Era o olhar do homem simples do sertão, que não admite e não compreende por que existe maldade no mundo, e que essa maldade se alastre pelo sertão adentro.

Antigamente quando ele olhava os campos... via os campos.

Antigamente quando ele olhava os campos, divisava um mar de verdura que oscilava ao sabor dos ventos. Via os arvoredos pujantes e também verdes. Enxergava as palmeiras-buritis, abanando-se com os seus leques. Havia tanta arara amarela de asas azuis que, voando, numa algazarra irritante, faziam ninhos no próprio buritizal. Os animais podiam pastar à vontade porque havia pasto sadio. Os montes usavam uma espécie de coroa de frade avermelhada. E quando a tarde morria e incendiava tudo, a cabeça dos morros ficava mais vermelha e o verde dos campos ficava mais verde.

Hoje... Tudo era diferente.

Quando seu Inácio olhava os campos, não via mais os campos.

Quando seu Inácio olhava os campos, via um campo negro, coberto de cinzas, que guardava os rastos da lagarta de fogo que é a queimada. Os arvoredos já não existiam. Eram troncos decepados e carbonizados, como se fora um cemitério de cruzes levantado pela lagarta de fogo da guerra quando caminha pelos campos do mundo. As palmeiras-buritis já não tinham mais leques oscilando preguiçosamente ao sabor dos ventos.

Os homens vieram, cortaram-nas e tiraram-lhes os leques para cobrir as suas palhoças. Hoje elas estão cabisbaixas como as viúvas que choram pelos filhos que se vão quando a lagarta da guerra passeia pelos campos do mundo. As araras azuis e amarelas procuraram outro local para fazer os seus ninhos. E quando voam por estas paragens, não fazem mais aquela algazarra irritante. Os animais já não pastam mais por estes campos.

Não possuem mais um pasto sadio, tornaram-se magros e esfaimados. Agora eles invadiam as roças e faziam uma destruição, imitando o homem que mal chegara. A coroa de frades dos montes estava toda esburacada, em manchões de garimpo, como se fossem ruínas bombardeadas por picaretas e pás.

Quando a tarde morria, já não incendiava tudo. Tinha uma luz pálida e esquálida, como se os olhos da tarde tivessem chorado. A cabeça vermelha dos morros, com a luz da tarde que morria, deixou de ficar mais vermelha, para ser negra. E os campos também deixaram de ser mais verdes, para tornarem-se mais negros.

Seu Inácio fitava o turbilhão de fumaça, que crescia cada vez mais. Os homens tornavam a incendiar outros campos. Que maldade! Bastava que eles desconfiassem que havia um local onde podia aparecer uma mancha de cristal para que imediatamente incendiassem o campo, criando a destruição.

Seu Inácio sabia que por aquelas redondezas não se faria mais roça. Era terra perdida pela precocidade do fogo. "Interessante: aquele fogo estava bem perto do rancho de D. Isabel."

•••

Isabel, sentada numa rede bem baixinha, cujas franjas varriam de vez em quando o couro de bezerro que no chão servia de tapete, cosia. Cada ponto que dava fazia com mais cuidado, mais amor. Eram retalhos de pano. Pedaços misturados, que ela tornava em fraldinhas, cueiros e outros paninhos que anunciavam a vinda do primeiro bebê. Cada ponto que dava tinha um sorriso de amor e ânsia. Antevia o bracinho rosado mexendo-se naqueles paninhos. E quando ele movesse os bracinhos. E começasse a chamar mamãe. Se fosse homem ia ser Miguel. Se fosse mulher... Não, não ia ser mulher. Ela e João queriam um homem. O primeiro filho deve sempre ser um homem. E cosia. E balançava devagarzinho a rede, que obrigava as franjas a dançarem sobre o couro de bezerro. O "nenen" não devia demorar muito. Ela estava com os pés tão inchados. De vez em quando sentia um abalo como se ele quisesse vir antes do tempo.

De repente Isabel começou a notar uma nuvem de fumaça que subia na cabeceira da serra.

"Engraçado", pensou. "Num deve tê sido João que pôs esse fogo. Ele tá no garimpo e de mais a mais, ainda é muito cedo pra fazê roça."

Continuou a dar pontinhos nos cueiros. Tornou a olhar a fumaça que crescia.

"Cumo é que vai se tocá fogo, cum sol de meio-dia desse. O Capitão Gil botô um aviso que pruibia se tocá fogo nos campo e cortá os buriti. Mas num dianta nada. Quando eles quer, toca fogo mesmo e ninguém sabe de quem foi a mão que botô fogo."

E as labaredas começavam a crescer assustadoramente.

Isabel dava um ponto e olhava as chamas. Começava a ter medo.

"Aquele fogo tava tão perto... que podia... Por que João num chegava logo pra armoçá?"

Levantou-se com dificuldade, nos seus pés inchados, e foi remexer as brasas do fogareiro, avivando as labaredas. Pensando que ao avivar o fogo aprontaria mais depressa a boia e João num instante chegava. Voltou para a rede. "Meu Deus! Se começasse a ventá..."

Um vento macio começou a soprar o capinzal, ressecado pelo hálito morno do sol.

"Se esse vento começa a soprá pro lado de cá..."

E o vento começou a soprar para o lado do rancho. Parecia que o demônio se intrometia no vento. As línguas de fogo aumentavam de jeito verdadeiramente assustador. A cavalgada de chamas começou a abeirar-se do rancho.

Isabel caiu de joelhos. Tirou do seio uma medalhinha de N. S. de Monte-Serrate e rezou. As lágrimas desciam pelos seus olhos. Rezava por si e por seu filhinho.

Já sentia o calor do fogo aproximar-se. E com a fúria do vento em cinco minutos o rancho seria devastado. Isabel quis caminhar, mas as pernas não obedeceram. Os pés estavam inchados... o bebê devia vir por estes dias... Agora, mesmo que quisesse seria impossível. As labaredas tinham incendiado tudo, até o chiqueirinho. Os porcos e as galinhas vieram buscar refúgio dentro de casa.

Depois... As chamas destruíram tudo... Até os paninhos do bebê...

Era mais uma queimada.

Era uma queimada humana...

●●●

Joel, da rede, viu seu Inácio que se aproximava. Vinha de cabeça baixa. O rosto estava afogueado. Levantou os olhos para Joel. Estavam umedecidos.

– Então, seu Inácio?

Ele jogou os braços lentamente. O fogo tostara-lhe as mãos.

– Cheguei tarde...

Havia uma tortura intensa na sua voz cheia de angústia.

Capítulo Segundo

MARTINHO E ROMÃO

Dizem que uma vida humana vale muito. Que não há preço que consiga indenizar uma vida humana. Isso dizem. Mas nem sempre é assim em todas as partes do mundo. No garimpo, principalmente, dá-se mais importância a uma pedra de cristal, por mais insignificante que seja, do que a uma vida humana. Eis aí um fato digno de nota.

Martinho era comerciante. Ou melhor, mascate. Desses pobres diabos que chegam no garimpo, com as mãos vazias, mas trazendo uma cobiça e ambição desmedidas. Não obstante, Martinho era um bom homem. E pela vida laboriosa que levava, pela vida errante, de andar de garimpo em garimpo mascateando, merecia algum sorriso da sorte.

Martinho morava num barracão, entre a descida do morro e o serpentear do córrego. Tinha por companheiro um preto enorme e musculoso, chamado Romão. Tipo do sujeito ruim. Não que fosse desrespeitador e estivesse metido em arruaças. Mas era tão carrancudo e ameaçador que as poucas pessoas que lhe dirigiam a palavra só o faziam quando era necessário. Vivia calado e macambúzio. Tinha geralmente no bolso da calça um breve ensebado de tanto uso, quer das mãos enormes, como dos lábios grossos. Na cintura sempre trazia uma faca peixeira, sempre brilhando e muito afiada. Ninguém sabia direito quem era Romão. Uns diziam que era baiano. Outros afirmavam que não. Porque a Bahia só dá gente boa. Enfim, fosse quem fosse, Romão morava no garimpo de Banana Brava. Evitava todo mundo. Não tomava pinga, não dava dinheiro às mulheres, nem tampouco ia ao cabaré. Sua vida se resumia num eterno silêncio e distância. Trazia em cima do pescoço uma cara que favorecia estes dois ambientes. Romão morava com Martinho. Somente Martinho sabia que nos rins de Romão existiam cicatrizes, que denunciavam luta. Martinho muitas vezes supunha coisas incríveis sobre Romão. Quem sabe se ele não fugira de uma penitenciária como a de Caiena? Fazia as hipóteses mais absurdas, mas sem comentá-las. Afinal de contas, Romão era apenas um companheiro de barracão e se comportava de um modo que não o incomodava.

A besteira de Martinho foi uma vez precisar de dez mil-réis e pedi-los emprestados a Romão.

– Tá certo, eu lhe empresto; mas no fim do meis tu me paga.

– Claro, Romão, que no fim do mês ou talvez até antes eu lhe pague.

Martinho sorriu da desconfiança de Romão. Ora, o que era uma nota de 10$? Coisa sem importância alguma no garimpo, onde as notas de 50$ funcionavam a toda hora.

E o fim do mês veio se aproximando. Chegou o dia trinta. Romão esperou que Martinho chegasse e fez a cobrança.

– Você me pediu o dinheiro até o fim do mês. Hoje já é o dia trinta e nada de falar em pagamento.

– Não foi por esquecimento não. Eu me lembrei.

– Então pur que tu num me paga logo, sem que percise eu cobrá?

– Mas, Romão, eu num pensava em te enganá. Eu vou pagá logo. Tu tem troco pra 500$000?

– Não. Por que você num trocou? Você num sabia que me devia?

– Num encontrei troco. Você sabe que aqui no garimpo não tem quase troco.

– Vocês todos são a mesma coisa. Na hora de percisá, sabe pedir. Mas quando chega a hora de pagá, descobre logo dinheiro sem troco.

– Pois se você desconfia, Romão, eu lhe dou a nota de 500$ e você troca. Tira os dez mil-réis e me devolve o resto. Se eu quisesse lhe enganá, num fazia assim. Eu fico admirado é de você fazê tanto empenho por tão pouco.

– Por tão pouco? Pode ser pouco, mas é meu. E custei a ganhá. Depois, meu amigo, eu já passei muita miséria neste mundo por falta de dinheiro, mas num quero passá mais.

– Mas tá aqui o dinheiro. Eu num quero deixá de lhe pagá. Você pensa que eu queria lhe enganá?

– Num boto a mão no fogo por ninguém. Nem pelo santo da igreja.

– Então tá aqui o dinheiro. Leva cum você e depois me dá o resto.

– Guarde o dinheiro e depois me dá os 10$000. Mas me dá que eu perciso hoje mesmo.

– Não, Romão, vamos fazê uma coisa. Eu tenho que ir até o garimpo da Bacaba. Até lá são cinco léguas. Bem vê que eu, saindo uma hora dessas, só posso voltar daqui a dois ou três dias.

– Então você num qué é me pagá. Qué?

– Se você tem tanta desconfiança assim, viaja comigo e lá nós troca o dinheiro e eu pago logo.

– Então eu vou cum você. Sabe, seu Martinho, ninguém deve confiá nos outro nesse mundo. E comigo ninguém me engana.

– Pois olhe, Romão, eu vou ajeitá a minha malinha de negócio e ensilhá a minha besta pra nós ir.

– Eu também vou arrumá meu jumento. E nós pode ir depois.

Martinho ia pensando, enquanto buscava a besta no pieiro. "Que sujeito miserável ele tinha por companheiro de barracão. Chegá a fazê uma viagem de cinco léguas, somente por causa de 10$000."

Enquanto estava a tirar as peias da besta, ouviu uma voz conhecida.

– Vai viajá, seu Martinho?

– Vou, seu Tomé. Vou com Romão até o garimpo da Bacaba.

– Mas daqui a pouco tá entardando. Sabe, seu Martinho, se eu fosse o senhor num fazia uma viagem assim com aquele nego não. Aquilo tem cara de ser ruim à beça.

– Qual, seu Tomé. Num há de acontecê nada.

– Então té logo, seu Martinho. Que faça boa viagem.

– Té logo, seu Tomé. Muito obrigado.

Ainda não eram três e meia, quando Martinho e Romão tomaram o caminho da Bacaba. Iam mudos. Os quilômetros foram passando e a noite vinha chegando. Já deviam ter caminhado umas duas léguas e meia. O caminho ali era quase virgem. Selva cerrada. As aves noturnas começavam a misturar seus gritos com os guinchos dos macacos da noite. Era a hora da ave-maria. Hora de impressionante melancolia. Romão que ia na frente estacou. A besta de Martinho acompanhou a parada do jumento.

– Bem, seu Martinho. O senhor disse que me pagava hoje. E num me pagou.

– Mas Romão, nóis num tamos viajando para eu lhe pagar?

– Estamo. Mas eu quero recebê é aqui. Vai me pagá é já.

– Mas eu num tenho os 10$000 trocados. Cumo é que eu posso pagá?

– Ou paga ou mato.

Romão segurou a rédea da besta de Martinho, impossibilitando que ele fugisse. Martinho ficou pálido. Romão parecia uma fera assanhada. Os olhos chispavam.

– Desce ou te derrubo.

Martinho desceu. Passou despercebidamente a mão na cintura à procura de uma arma. Mas por infelicidade esquecera. Nem uma faca. Romão avançou para ele.

– Se você num pagá agora mesmo eu lhe mato.

– Olhe, Romão, você pode me matá se você quisé. Mas Deus não dorme, ele me vinga. Depois mesmo que você me mate, o capitão vai acabá descubrindo. Tu vai pará nos Pati e depois é deportado. Eu avisei lá que tava de viage com você.

– Mentira. Eu segui todos teu passo. Você num falou cum ninguém.

– Mas por amor de Deus, Romão! Você num pode me matá por causa de 10$000.

– Que Deus que nada. Eu já matei por muito menos. Eu num te avisei que nesse mundo num se deve ter confiança em ninguém?

Desembainhou a faca.

– Paga logo.

Martinho ficou apavorado. Quis gritar, mas a voz não saiu. Nem teve forças para se defender. A mão enorme de Romão, empunhando a peixeira, entrou dentro do seu ventre. Um suor frio começou a descer pela sua testa. Comprimiu a mão sobre os intestinos que surgiam. Quis, num esforço medonho, montar-se. Encostou as mãos ensanguentadas na besta... Mas foi inútil. As pernas foram amolecendo e tombou por terra.

– Miserável... Dez... mil... réis...

– Morre depressa, cão. Tu nunca mais engana ninguém. Morre logo, que eu quero te arrastá pra perto do brejo, onde os jacaré e as piranha tomam conta de você.

Martinho olhou para o céu como quem pede justiça e morreu.

Romão arrastou-o para trás de uma moita. Tirou a sela, o pelego e o resto da besta de Martinho. A besta, testemunha de cena tão bestial, observava tudo como se compreendesse.

Romão acendeu uma fogueira. Jogou tudo dentro. Lembrou-se da besta. Que iria fazer com ela? Todo mundo conhecia a besta de Martinho. Era melhor matá-la. Virou-se empunhando a faca. A besta tinha-se sumido na mata. Deu de ombros. Ela não iria longe. As onças se encarregariam dela. Depois foi até a moita, onde estava o corpo de Martinho. Virou-o e tirou o dinheiro que havia nos seus bolsos. Arrastou Martinho por uma perna até o brejo que circundava o Rio do Coco, que nessa parte ficava bem nas cabeceiras.

– Cumo esse danado pesa. Deve sê de pecado!

Romão começou a imaginar: "Era melhor enterrar de uma vez. Vamos que os jacarés não comessem e os urubus denunciassem o corpo a algum caminhante que passasse. O brejo era mole. Num instante cavava...".

Começou a esburacar o brejo e enterrou o corpo aos poucos. Antes de cobrir o rosto, cuspiu-lhe na cara.

– É um ladrão de menos no mundo!

•••

A notícia correu ligeira.

A besta de Martinho tinha aparecido no garimpo, toda cheia de sangue nas costas. E não tinha nenhum ferimento. Começou primeiro um sussurro que se foi tornando em clamor. Todo mundo murmurava a mesma coisa. Romão matara. E a vítima era Martinho. O capitão e o tenente, que eram machos pra burro, reuniram uma escolta de soldados. O Sargento Ventura, o sujeito mais destemido da polícia, ficou encarregado de trazer Romão de qualquer jeito. E durante o tempo que Romão era caçado pela polícia, Martinho ia sendo santificado, como acontece a todas as pessoas que morrem.

"Pessoa boa tava ali." "Um home de premeira." "Que home de palavra e serviçá!" "Depois tão bem inducado!"

Uma manhã a escolta chegou. Sargento Ventura trazia mesmo Romão. Via-se mesmo que tinha apanhado muito. Estava com o rosto retalhado e as costas nuas, cheia de vergões. No pescoço carregava uma lembrança do morto: a canela. Sim, a canela, ainda cheia de carne podre pegada e exalando um cheiro nauseabundo. Às vezes, se lhe davam um empurrão, despregavam-se pedaços de carne pútrida da canela que, rolando pelo corpo musculoso de Romão, caíam pelo chão.

Certo dia Romão foi deportado. Foi fazer uma viagem que muitos outros tinham feito e da qual ninguém voltara.

Deus atendeu o último olhar de Martinho.

Joel acompanhou todo este episódio. Era um castigo justo. Viu quando Romão foi deportado. Um criminoso não tem perdão. É a lei do garimpo. E ele? E o seu crime? Seria menos merecedor de tal castigo? A consciência dizia que era. Mas o capitão achava justamente o contrário.

E a vida prosseguia indiferente.

Capítulo Terceiro

GENOVEVA MÃOS DE SINO

Joel, encostado no balcão, olhava a galeria de bebidas. De quando em vez emborcava um trago de pinga. Naquela manhã, não levantara com disposição de pegar duro na picareta. Do outro lado, seu Odílio, dono do boteco, escondia com o corpo uma parte das bebidas na prateleira. Joel pensou que se as bebidas, no garimpo, fossem escondidas por um corpo, uma mão possante, não haveria tanta desgraceira. Uma mão que apertasse todas as garrafas e as trituras de uma só vez... Mas não há jeito. O nego quando se vicia, é assim mesmo. Por mais que uma garrafa de cana custe 20 ou 27 mil-réis, sempre é barato para um vício. Já seu Odílio não pensava o mesmo, na eterna posição de braços cruzados, chapéu descaindo para trás e com os olhos verdes de canavial, sondando o ambiente. Talvez que os olhos verdes de seu Odílio tinham sido uma predestinação do futuro: vender cana no garimpo. Futuro de rato. Rato. Ratoeira. Espelunca. Gatão espreitando os homens-ratos. Aguardando o momento que os homens-ratos viessem beber na sua espelunca e encher a ratoeira do seu bolso.

A situação de Joel era péssima. Um nervosismo constante o assaltara desde que atraiçoara e caluniara vilmente os garimpeiros. Sabia que a vingança deles seria implacável e infalível. Mais dias, menos dias, questão de ocasião. Joel bebia. Dera para beber. O verdadeiro remédio para uma guerra de nervos é a bebida.

Seu Odílio continuava indiferente a sondar o vazio do dia, com os seus olhos verdes de canavial.

É muito comum, nos garimpos, o homem tornar-se parte dum balcão e virar uma máquina, movimentando apenas o braço num movimento uniforme de descer um copo vazio e o outro braço tornar a enchê-lo. Joel era um homem assim. Parte do balcão. Insensível. Talvez daí o seu espanto quando uma mão macia como se fora de seda alisou o seu cabelo dourado. Acordou. Vibrou. Forçou os braços enormes, alçou-se para os bordos do copo de cachaça e saltou do copo para a realidade da vida.

— Paga um traguinho, amor?

— Vira um trago para ela, seu Odílio.

— Eu sabia que você era um *gentleman.*

— *Gentleman*? Onde você aprendeu isso?

— Ora, a gente vive tanto...

Joel virou-se e olhou com curiosidade a mulher que lhe alisara os cabelos. Era um crime uma criança daquelas rastejar-se na lama da prostituição. Cabelos negros e revoltos. Tipo da ciganinha rebelde. Olhos azuis. Olhos de boneca. Olhos azuis de anjo, sem mácula, transparentes, diáfanos. Era uma mulher da vida.

— Como te chamas?

— Genoveva.

— Genoveva. Pois então, Genoveva, tu queres passar de novo essas mãozinhas no meu cabelo? Minha cabeça dói tanto.

— Pobrezinho. Se você paga mais um trago, eu passo...

— Ciganinha! Seu Odílio, vira mais um.

Genoveva começou a passar suas mãos, de leve, de mansinho. Os seus dedos esguios pareciam lírios do vale, agitados pelo sopro da brisa. Mãos de lírio.

– Tu tens umas mãos de sino...

– Mão de sino? Nunca ouvi falar dessa coisa...

– Tu tens essas mãos de sino. Eu explico. Os sinos têm um som que sempre despertam saudades. Um som suave e macio que penetra na gente e só recorda coisas místicas. Os sinos lembram tudo que é ternura. Falam da inocência e da distância. É a voz de um coração de aço falando ao coração da carne. Um poeta dizia, eu me lembro:

Coração, sino d'aldeia
Sino, coração da gente.
Um a sentir quando bate
Outro a bater quando sente.

Joel calou-se. Genoveva falou:

– Fale mais. Você fala tão bonito...

– Pois tu, ciganinha, tens essas mãos. Mão de sino. De fato os sinos sempre nos lembram coisas bonitas. Eu me lembro: eu era menino, quase rapaz. Naquele tempo eu não era o bruto que hoje sou. Tinha as mãos de artista e sensibilidade. Tudo isto passou-se há tanto tempo e volta agora traduzido por tuas mãos. Bem, eu era um menino e tinha um coração puro como os teus olhos... Uma vez, eu viajava em excursão com o meu colégio. Íamos com um padre bondoso, de cabelos grisalhos. Um dia chegamos numa aldeia, onde havia uma igreja velha e branca. Uma igreja de paredes grisalhas e cabelos brancos. Na hora da missa, pediram-me que tocasse o sino. Era a primeira vez que eu tocava um sino. Dei o primeiro embalo... Uma sensação de sonho, uma sensação de nuvem cor-de-rosa. Fui-me transformando. Eu evolava. Transfigurava-me. Nem sentia a corda do sino passando entre os meus dedos. Só existia para mim a voz do sino que me chamava, que me transportava. Tudo perdeu a forma real e se existe céu, eu estive nele. Surgiu em meu êxtase um campo lavrado, imenso, todo verde. Ao longe ovelhinhas brancas pastavam. Os sinos não paravam. Os sinos eram por toda parte. Perdiam o som argentino para transmudar-se numa sinfonia de violinos. Desde então eu descobri... E é segredo. Tu és a primeira pessoa a quem conto isto. Eu descobri que os sinos falam tão bonito porque não são os sinos que falam, são os anjos que cantam na voz dos sinos. Fui-me aproximando das ovelhas. Meus pés nem sentiam o contato da relva... Perto das ovelhinhas havia um pastor. Caminhei para ele. Era um pastor de olhos verdes, tão expressivos e bondosos como só existem num homem: o Nazareno. Nos seus cabelos brilhava o ouro do sol. Sorriu para mim. Olhei para ele. Era o próprio Nazareno. Não o Cristo ferido pela maldade dos homens. Em suas mãos já não existiam as marcas eternas de um sacrifício longínquo e inútil. Era apenas um Cristo místico, um Nazareno simples que apascentava as ovelhas... Voltei à realidade da vida ao sentir o contato das mãos do padre sobre os meus ombros: "Que é isso, meu filho? Você parece não querer mais parar...". Baixei os olhos e ouvi o último som que se sumia ao longe. Nos meus olhos havia duas lágrimas. Chorava pelo paraíso perdido.

– Coisa bonita.

– Agora tu, Genoveva, conta a tua história e... alisa os meus cabelos.

– Minha história que a conte a vida. Você se admirou quando eu lhe chamei de *gentleman*. Mas é simples. Papai é rico. Industrial em São Paulo. Botou-me num colégio de irmãs, onde eu só sorvia ingenuidades e rezava. Minhas férias passava na fazenda. Naquele tempo eu era a mesma Genoveva de tranças negras. A Genoveva do papai. Somente conhecia suas carícias. Um dia ele levou um amigo para passar o *weekend* lá em casa... Eu não conhecia homem, vivia presa. Fiquei alucinada. Estremecia quando aqueles olhos negros firmavam-se em mim. Não resisti, ofereci-me. Dei os meus lábios virgens, minhas tranças negras e o meu corpo de quinze anos. Desapareci de casa. Desapareci de casa. Ele era casado. Cortei minhas tranças há três anos. Virei uma Genoveva diferente. Passou a cabeça?

– Melhorou um pouco.

– Bem. Você já pagou muita bebida. Agora, vou pedir que aquele gajo que entrou me pague um trago...

– Não te vás, Genoveva mãos de sino...

Ela se foi, ia pedir um trago de bebida. A vida tem dessas coisas esquisitas. Genoveva, criada à sombra dos altares, vivia agora exposta no altar da prostituição. Sombra e luz. De homem em homem, de copo em copo. Sem querer, Joel fitou o pêndulo do relógio que oscilava de lá para cá.

Genoveva cochichou qualquer coisa no ouvido do gajo que chegara e apontou para Joel, com as suas mãos de sino.

– Aquele pato está num pileque danado!

Joel alçou-se aos bordos do copo e saltou da realidade da vida para o copo de cachaça. Isto é tão comum nos garimpos. Seu Odílio continuava na eterna posição de braços cruzados, chapéu descaindo para trás, encobrindo uma parte de bebidas que havia na prateleira. Continuava a sondar o vazio do dia com os seus olhos verdes de canavial.

Capítulo Quarto

SEU FABRÍCIO

Joel, deitado na rede avermelhada, fumava. A estrada que passava defronte ao rancho e que estava deitada na rede verde dos campos fumava a poeira vermelha da terra. Ao longe se ouvia o matraquear constante da picareta batendo contra a terra. A picareta da cobiça humana trabalhava em corpos suados, em feixes de músculos molhados. Lá havia muito mais poeira. Lá, a terra fumava um fumo mais forte e soltava as tragadas de fumaça muito mais vermelhas. Uma fumaça que ia diretamente aos pulmões e muitas vezes provocava uma tosse seca que levava o homem-picareta ao fundo de uma rede de qualquer cor no fundo escuro dum barraco de palha...

Seu Inácio vinha chegando. Joel conheceu de longe o seu corpanzil de elefante.

– Boa tarde, moço. Será que vai meior dos pés?

– Um bocado, seu Inácio. Depois do meio-dia eles ficam assim inchados.

– O senhor continuando a lavá com água melada de sal, fica logo são.

– O senhor veio da cidade, seu Inácio?

– Tô chegando de lá.

– Tem alguma coisa preta por lá?

– Tem uma coisa muito triste.

– Mataram alguém?

– Acho que num mataro não. O seu Fabrício. O senhor conheceu seu Fabrício?

– Claro que conheci. Todo mundo conhece seu Fabrício.

– Pois é. Um home tão alegre.

– Mas que é que teve, seu Inácio, ele morreu?

– Apareceu morto dentro da catra. Parece que tombou lá dentro. Diz que ficou desgostoso cum a catra. A terra foi malvada e a catra deu água.

– Coitado. Eu me lembro, uma noite, ele falava lá no boteco do seu Odílio. Era um velho bonito e tão alegre. Dava gosto de se ver ele falando. Quando a catra começasse a produzir... Quando a catra começasse a cuspir o escarro do primeiro cristal...

– Encontraro o corpo dele todo machucado pelos cristal. Diz que ele caiu de cara batida contra a bancada de cristal leitoso. A cara ficou toda lanhada e os cabelo dele de tão branco ficaro todo xujo de barro vermeio.

– Então seu Fabrício morreu?

– É. Morreu. Bem, vou levá essa carnc lá dentro pra Reimunda fazê a boia.

Joel acendeu novo cigarro. A estrada não parara de fumar a poeira. Era gente que ia e vinha, todo dia. Gente que vinha cheia de sonho e tornava sem nada. E gente que vinha sem nada e tornava podendo fazer sonhos. Seu Fabrício. Aliás, Fabrizzio. Fabrício ou Fabrizzio é um nome tão doce que lembra os lagos azuis e dourados de sol, da Itália. Fabrizzio... Veneza. Fora em Veneza que Fabrizzio nascera. Todo mundo sabia a sua história. Aos quinze anos deixara de embalar as gôndolas pelos canais de Veneza. Deixou abandonada a ponte dos Suspiros, partiu e nunca mais voltou. Há gente que parte e nunca mais volta. Viaja por conta do destino. Fabrizzio fora assim. Emigrara com o pai por conta do destino. Veio para o Nordeste do Brasil e encontrou nos sertões do Rio Grande do Norte o vale do Seridó. Os anos foram se passando. O vale do Seridó era sempre verde para Fabrizzio. Só não era verde quando os capuchos de algodão eneveciam os campos. Morreu seu pai. Morreu Giovanni. Morreu sem tornar a ver os canais de Veneza e as suas gôndolas. Morreu sem ouvir os murmúrios da ponte dos Suspiros. Fabrizzio continuou a trabalhar no vale do Seridó. Continuou a acompanhar a eterna metamorfose do vale em tornar-se verde e branco. Nos cabelos de seu Fabrício começaram a surgir os primeiros capuchos brancos. Agora já era proprietário. Arrendara um terreno e havia de tirar dos capuchos brancos uma pequena renda que lhe permitisse retornar à sua terra. Rever os canais de Veneza, morrer embalado numa gôndola, ouvir os últimos murmúrios da ponte dos Suspiros ressoando nos seus ouvidos, de mansinho...

Mas Deus criou o fogo. E o homem utilizou-se dele. Ou para coisas boas ou para a realização das suas iniquidades. Uma mão criminosa incendiou os campos do seu Fabrício, que naquele momento eram mais brancos que a lua. De olhos parados, seu Fabrício contemplou as línguas de fogo que, crescendo, varriam numa chama infernal o seu algodão. Fogo poluindo a brancura dos capuchos. Fogo que destruía o seguro da sua velhice. Fogo que queimava as águas de Veneza e incendiava a ponte dos Suspiros.

Seus cabelos, que tinham alguns capuchos de algodão, tornaram-se completamente brancos. Seus braços jaziam caídos, sem nada poder fazer contra a volúpia destrutiva do fogo que Deus criou. Nem sequer se ergueram contra a injustiça do destino. Ergueram-se, sim, para apanhar as suas trouxas e dez contos da sua economia. E deixou o seu vale. Seu vale já não era verde nem branco. Era apenas uma fogueira em cinza, que as lágrimas dos seus olhos não conseguiam apagar. Passou as costas da mão sobre o rosto e partiu. Sem mesmo olhar para trás. Para quê? Que adiantaria olhar para a fogueira dos seus sonhos? Era, de agora em diante, um caminhante. Outro que iria percorrer as estradas empoeiradas, silenciosas e longas do sertão. E o destino, que tem prazer em chamar para o garimpo os tipos mais diferentes, recostou-se numa encruzilhada, abriu o espelho do cristal e enlaçou Fabrício nas malhas ilusórias do garimpo.

E em Banana Brava, há dois meses, Fabrício começara a sua catra. Empregou o primeiro homem de meia praça. Depois arranjou mais outro. Trinta dias se passaram. A catra foi afundando. 50 palmos. À proporção que a catra se afundava, o dinheiro vinha se aproximando à superfície do bolso. Mais outros trinta dias.

Noventa e seis palmos. Já dava até uma espécie de calafrio olhar para baixo das bordas da catra. Era a catra mais esperançosa do garimpo. Já dera no cascalho. As melhores formas do cristal espirravam por toda parte. Fabrizzio sorria, antevendo a ponte dos Suspiros, brilhando sob o sol da Itália. Veneza com as suas gôndolas e um gondoleiro a cantar. A Mandolinata. O Grande Canal. São Marcos. O Palácio dos Doges... Mas o destino não perdoa a quem viaja à sua custa... É um cobrador implacável. Ninguém pôde compreender que uma catra tão esperançosa fosse dar um lençol d'água. E que debaixo de tanta forma maravilhosa de cristal houvesse somente água e piçarra.

Não havia mais economias no bolso de Fabrício. Nem mais esperança em sua alma. Esperou que a noite se fizesse noite. Olhou a lua dos trópicos tão grande e tão bonita. Caminhou para a catra. Noventa e seis palmos. Olhou para os lados. Fechou os olhos. Viu Veneza. Não quis mais abri-los. Sabia que, se o fizesse, veria as luzes de querosene da cidade e ouviria apenas um violão gemendo dentro da noite. Assim de olhos fechados ele podia sentir a ponte dos Suspiros dentro do seu coração e as gôndolas dentro do seu peito.

Uma sombra projetou-se no espaço. Era seu Fabrício ou Fabrizzio. Um nome tão doce que lembrava os lagos dourados de sol da Itália. Fabrício, Fabrizzi ou Fabrizzio... O nome, o que importa ao cristal de rocha ou à piçarra? Um pulo a mais ou a menos do alto de uma catra ou de uma ponte, o que importa à natureza indiferente?

E o corpo imóvel, retalhado, esbofeteado pelos cortes de cristal e coices do destino, jazia retalhado no fundo da catra. E a cabeleira branca como capuchos de algodão, manchada de sangue e barro, lembrava o vale do Seridó, incendiado.

Capítulo Quinto

OS PIAUÍS

Seu Diolino vinha afobado.

– Que foi, seu Diolino? Aconteceu alguma coisa?

– Ih! Seu Joel...

– Mas fale, homem.

– Tou seco pra deixá esse garimpo de disgrota. Os Piauí... Eles vêm...

– Que Piauís são esses? Que é que eles vão fazer?

– Eu vinha passando cum a minha carga de toicinho, quando vi o capitão...

E na sua fala rústica, acompanhada por grandes trejeitos e esgares, contou o que se passara e que agora todo garimpo devia saber e comentar.

De fato o Capitão Gil estava furioso. Fora destacado e até ameaçado. Chamou o Sargento Ventura.

– Isso que estão falando por aí é verdade, sargento?

– Sobre os Piauís? É, sim, senhor.

– Conte-me todos os pormenores.

– Foi assim, capitão. Foi lá no garimpo da Bacaba. A patrulha do Sargento Cláudio tem uns tipos que compram barulho a toda hora. Pensam, porque são soldados, que podem se meter e provocar questões a torto e a direito. Também não é assim. Os garimpeiros, geralmente, são homens de mau-caráter. Impetuosos ao extremo...

– Disto já sabemos, sargento. Fale-me do crime.

– Pois um desses homens tava fazendo a ronda da catra, quando, não se sabe por quê, começou a discutir com um piauizeiro. E esses piauizeiros são seis. A mãe, o velho com quem o soldado discutiu, três filhos machos pra burro e uma moça que viveu desde pequena criada pelos garimpos, tornando-se desse jeito tão homem como os irmãos. Não sei por que cargas d'água o soldado fez fogo contra o velho Piauí. Ele caiu morto dentro da catra. Veio toda a família em socorro. A velha e os filhos. Todos armados. Foi um tiroteio dos diabos. Mataram o soldado e duas pessoas que nada tinham que ver com a história. Feriram ainda quatro soldados que vieram para socorrer. Gente do Piauí é assim mesmo: "Quando mata é pra istruí". Guardam ódio a vida inteira, guardam ódio como a gente guarda na boca o juçá do ananás bravo, que a todo instante incomoda. Agora eles se embrenham no mato. Estão escondidos. Ninguém descobre o paradeiro. Todas as noites eles saem da toca, aparecem e matam. Matam qualquer um. Basta encontrar. Gente ou soldado. Dá no mesmo. Eles querem é vingar. Lá na Bacaba ninguém mais sai. Fica todo mundo por dentro dos ranchos. Ninguém sai à rua, de noite. Vivem amedrontados. Todo mundo está abrindo a unha. Reina um pavor incrível.

– E não se pode dar um jeito, sargento?

– Pode-se, mandando uma grande patrulha. Mas ninguém sabe onde eles se escondem. É gente que conhece o sertão a fundo.

– Pois, Sargento Ventura, o senhor vai com a patrulha que quiser, mas mate ou traga esses homens, vivos ou mortos. É preciso que esse terror acabe.

– Será feita a sua vontade de acordo com as possibilidades, capitão.

E lá se foi o Sargento Ventura para a Bacaba. De Banana Brava para o garimpo da Bacaba havia uma distância de cinco léguas bem medidas. Sargento Ventura botou-se selva adentro, procurando ver se descobria onde os piauizeiros estavam acoitados. Foi em vão. Entretanto de uma feita ele conseguiu alvejar um dos irmãos. Os Piauís faziam um ataque à noite e não esperavam que tivesse chegado reforço da polícia. O Sargento Ventura alvejou um deles. Constatou-se então a veracidade de um boato que corria pelos garimpos. Que a moça Piauí era mais corajosa e adestrada do que os homens.

O Piauí ferido veio fechar ainda mais o círculo de inimizades que havia entre a polícia e os refugiados.

Eles agora quando faziam tiroteios deixavam bilhetes pregados em pontas de faca. Prometendo vinganças e desforras. Ninguém mais queria permanecer no garimpo. Qualquer pessoa podia ser vítima das ciladas dos Piauís. Era o mesmo que mexer numa caixa de maribondos. Os maribondos furiosos mordem o primeiro que alcançam sem que ele tenha sido o causador. Com os Piauís era a mesma coisa.

Um dia eles desapareceram. Antes porém fizeram um tiroteio, feriram muita gente e mataram um velho. Deixaram um aviso que um dia haveriam de incendiar os garimpos todos. Queriam se vingar do Capitão Gil, que mandara forças para combatê-los. Haviam de chutar a cabeça ensanguentada do Capitão Gil pelas ruas incendiadas de Banana Brava. Banana Brava havia de se incendiar. Aquelas casas de palha, juntas umas às outras, seriam um ótimo caminho para o fogo. Numa noite que ventasse, eles voltariam para começar a queimada.

Todos sabiam que eles voltariam mesmo. Seria o fim de Banana Brava com as suas atrocidades e seus crimes.

Com os seus sacrifícios ingentes, com os seus trabalhos, com as suas ambições, com os seus sonhos e desilusões.

Todo mundo aguardava amedrontado esse dia. Imagine--se a cabeça vermelha do Capitão Gil, rolando pelo chão de Banana Brava. E as chamas devorando todo o garimpo. Talvez que o incêndio de Roma não fosse tão dramático. O fogo seria uma coisa tenebrosa, mas seria um fim digno para Banana Brava. Um fim de fogo!

Capítulo Sexto

HIPÓLITO

Toda vez que Joel podia, procurava a bodega do seu Odílio. Dera para beber. Havia um remorso no seu peito. Tinha mentido e roubado. E ainda mais, tinha iludido a boa-fé do Capitão Gil. O homem que já teve um pouco de honestidade para si próprio não sente prazer em mentir, em iludir os outros, porque sabe que não mente para si mesmo. Pode enganar todo o resto da humanidade, pode convencê-lo da veracidade do que diz, mas quando se vê a sós, o dedo negro da consciência encosta-se na sua face, enrubescendo-a. É vil.

– Que é isso, seu Joel, o senhor tem andado abafado? Parece que tá com saudade de alguma noiva que deixou noutros garimpos.

– Qual o quê, seu Odílio. A gente procura ser sempre alegre, mas nem sempre pode. Eu, quando não posso ser alegre naturalmente, procuro a pinga, que faz o mesmo efeito.

– Mas parece que a pinga, hoje, não está fazendo muito efeito. O senhor já emborcou uns três copos...

– Então é porque estão fazendo o álcool mais fraco. E álcool fraco não faz efeito.

– Talvez seja.

– E se for assim, melhor para o senhor. Porque o freguês que quiser ficar alegre consome mais álcool e dá mais lucro para o senhor.

– De fato é mesmo, seu Joel. A questão é que nem todos têm essa boa vontade em querer ficar alegre.

– Tem muita gente bamburrado por aqui, seu Odílio?

– Qual o quê, seu Joel. O garimpo tá é morto. A semana passada o Chico Mafungo deu um bamburro marmo. Pegou bem uns cinquenta contos. Mas quando veio té aqui foi só pra gastar os últimos 50$000 que possuía. Dizem que até hoje ele está de ressaca.

– Ficou liso de novo...

– Ficou.

– Só presta mesmo assim. Que é que ele ia fazer com tanto dinheiro?

– O senhor agora mudou de pensar, seu Joel? Antigamente o senhor pensava de um modo diferente desse.

– É porque antigamente eu ainda não tinha adquirido alma de garimpeiro. Agora já adquiri.

– O senhor não tem trabalhado na catra?

– Puseram-me para fora de lá porque fui trabalhar muitas vezes bêbado. Estou procurando outra. O senhor sabe quem pode me dar emprego?

– Mas o senhor, com os 2:000$000 que lhe devolveram aqueles ladrões, podia bem abrir uma catra sem precisar de patrão.

– Não vamos falar desse assunto que já passou. Isto me chateia incrivelmente. Depois esse dinheiro eu reservei para gastar com pinga aqui na sua venda. O senhor não está satisfeito com isso?

– Pra falar sério, seu Joel, eu gosto que gastem aqui. Mas não o senhor. O senhor é um rapaz decente... Depois...

– Ora, seu Odílio, vamos parar com essas lamentações. Se o senhor quer, eu vou beber noutro boteco. A cachaça é a mesma em qualquer parte.

– Eu queria dizer que...

– Ó por favor não diga, seu Odílio.

– Mas é que eu queria dizer que...

Ouviram-se tiros lá fora. Joel levantou-se. Seu Odílio saltou o balcão e correu para a rua. Havia gente em penca. Todo mundo acorreu para o lugar. Ouviu-se mais um tiro. Joel arredou uma porção de gente e pôde divisar Hipólito, parado, tendo na mão um revólver fumegante.

– Um cão de menos no mundo.

Hipólito era o pior de todos os criminosos. Era um francês já velho, meio calvo e de olhos azuis. Diziam até que ele tinha sido padre. Tinha uma bronquite crônica e muitas mortes nas costas. Era seco, ríspido e mal-encarado. Todo mundo no garimpo desejava que ele fosse deportado. Aguardava ansioso uma prova. E agora havia uma indestrutível. Matara Bernardo, o açougueiro. Discutiram. Hipólito puxara do revólver e dera cinco tiros. Bernardo caíra agonizando, abrindo o queixo como quem pede água. Hipólito viu que ainda havia uma bala no revólver e abaixando-se estourou os miolos do moribundo. Fora o último tiro que se ouvira.

Capítulo Sétimo

UM CHUTE NA CARA

Depois do tiroteio, Joel voltou para o balcão do seu Odílio e postou-se diante do mesmo copo de cachaça que não finalizara. Seu Odílio já voltara para trás do balcão. Tinha chegado gente que comentava o acontecido.

Seu Odílio comentou para Joel:

– Viu que coisa?

– Qual, os tiros de Hipólito?

– Agora ele vai ser deportado na certa. Que sujeito sem coração. Rebentar os miolos de um homem que já tava morto.

– Escute, seu Odílio, eu hoje estou um bocado chateado. Ou o senhor começa a conversar coisa agradável comigo ou então não fala. E que foi que Hipólito fez de mais? Porque deu uns tiros e mandou um safado para o meio do inferno? Ora bolas. Fez, tá feito. Ele que se f...

– Mas escute, seu Joel, eu tenho uma coisa para lhe dizer...

– Não, seu Odílio. Diga amanhã.

Seu Odílio calou-se. E era melhor assim. Joel continuava a engolir cana.

– Moço, o senhor quer me dar um auxílio por amor de Deus?

Joel levantou os olhos do copo para a pessoa que pedia esmola. Reconheceu quem pedia. Era um antigo engraxate, chamado Antônio. Antônio tinha uma história triste. Parecida com a sua. Estava doente. Via-se pelo estado de magreza, palidez da pele e pelas orelhas descaídas, que era um tuberculoso sem cura. Falava baixo e descansando em cada palavra. Ansiava, ofegava. Joel teve uma pena enorme do rapaz. Talvez porque ele tivesse uma história parecida com a sua. Pensou um momento. Meteu a mão no bolso e arrancou um punhado de notas. Era o dinheiro roubado. O dinheiro que ele guardava para gastar de cachaça pelas vendas. Mesmo roubado não deixava de ser dinheiro. E para o rapaz doente devia de ser de grande utilidade. Tirou apenas uma nota de 50$000 para pagar as despesas feitas e arremessou o monte de notas na mão de Antônio. O rapaz doente chorou.

– Não, Antônio, isso não é nada. É apenas um pequeno auxílio para ajudar a ficar bom.

Joel abraçou o rapaz doente.

– E não precisa me agradecer. Isso não é nada. Amanhã você, quem sabe, pode fazer o mesmo se eu precisar...

Joel pediu mais um copo de cachaça. Antônio saiu. Antônio tinha uma história triste. Descendia de nobres. Viera desgostoso de uma grande cidade. Brigara com o pai, que lhe fazia todas as vontades. Viajou mundo afora e veio parar no garimpo. Trabalhara de tudo. Resolveu ser engraxate. Ele, que quando menino rico tivera a humanidade aos seus pés, invertera os papéis do destino: engraxava agora os pés da humanidade. Uma vez, um garimpeiro chegara bêbado para engraxar os sapatos. Era um piauizeiro. Tinha bamburrado e emborcara um bamburro maior de cachaça. Antônio engraxou-lhe as botinas. Ao terminar, o piauizeiro não gostou e não queria pagar. Discutiram. Enquanto Antônio estava de joelhos, guardando as escovas e as graxas, o piauizeiro desfechou-lhe um pontapé na cara, que o emborcou no chão.

E antes que alguém o socorresse o piauizeiro, não satisfeito com a sua maldade, passou a desferir-lhe pontapés por todo corpo. Machucou-o todo. Dizem que rebentou até os pulmões. Desde esse dia, Antônio não teve mais saúde. Era o que era. Implorava caridade dos outros, mas não se rebaixava a voltar ao seio da família, que era rica e nobre.

Seu Odílio falou de novo:

– Triste, não, seu Joel?

– Sabe, seu Odílio, nada me interessa. Nem as coisas tristes...

– O senhor tem certeza de que não interessa... nada? Pois vire-se e verá uma coisa que vai lhe interessar muito.

Joel virou-se, chateado.

Parados na porta, estavam Dico e Samuel. Virou-se para seu Odílio:

– Por que o senhor não me disse há mais tempo?...

– Eu queria lhe dizer esta tarde, mas o senhor não deixou. Era isso que eu queria lhe dizer.

Dico e Samuel pediram pinga, encostaram-se perto de Joel, que continuava numa calma assombrosa.

– Espere que o seu dia vai chegá. Vai demorá um pouco, mas num falha não.

Capítulo Oitavo

GREGORÃO

Desde que Joel se encontrara com Samuel e Dico, vivia a esperar uma vingança a qualquer hora. Sabia que aconteceria alguma coisa de muito trágico. Era infalível uma vindita. Vivia agora numa eterna expectativa. Num ansioso sobreaviso. Calculava todos os passos que dava. Era apenas questão de tempo e de ocasião. Não há esse santo dia que não traga um caso trágico, nos garimpos, seja ele diamante ou cristal. Até mesmo os de ouro, que em geral são mais policiados, porque em maioria ficam no Estado do Pará. Agora a bomba da tragédia tendia a arrebentar-se nas suas mãos... Mais dias, menos dias, ela rebentaria. Os garimpeiros sabiam que ele era um homem inteligente e por isso mesmo perigoso como todos os homens inteligentes. Não iriam arriscar-se numa vingança que não fosse bem feita. O trabalho tinha que ser bem realizado.

E tudo era contra ele. Joel arranjara lugar numa catra. Trabalhava com mais dois companheiros. A catra ficava distante e por isso mesmo favorecia qualquer plano dos quatro. O rancho ficava distanciado do garimpo. Outro modo oportuno para os planos deles. Durante o dia não havia quase perigo, porque ele sabia que não seria atacado em pleno sol. Mas à noite, apesar dos dois companheiros de rancho, o rancho parecia mais distante e perigoso. Havia a sombra da noite. Havia a estrada que passava perto do rancho, que mesmo no caso de um crime continuaria longe, silenciosa e empoeirada.

Quem não tem consciência tranquila teme os espectros da noite e as sombras. Vivia do trabalho para a bodega do seu Odílio.

Lá estava ele de novo, observando a paisagem de mais um copo de cachaça. O vapor do álcool dissipava os sonhos ruins da consciência. Ouviu dois garimpeiros que conversavam ao lado:

– Minha lavadeira achou uma pedra no córrego, muito boa.

– Diamante?

– Diamante dos bons.

– Tu entende de diamante?

– Homessa! Eu nasci dentro de uma bateia.

– Foi ela que te disse que tinha achado a pedra?

– Foi sim. Ela veio me perguntar; cumo é que ela podia saber se a pedra era boa?

– Aposto cumo você ensinou o modo de engoli.

– Ensinei sim.

– E ela fez?

– Feiz sim. Mas num saiu inté agora.

– Então era purque num era boa mesmo.

– O negócio falhou. Mas eu cunheço pedra e sei que era dos bom.

Joel sorriu. Gente ingênua. Era incompreensível que gente tão perversa possuísse arroubo de tanta ingenuidade. Lembrou-se dos garimpos de Mato Grosso. Naquele tempo vivia emaranhado nas encrencas de Gregorão, mas era quase feliz. Lá, também, tinha gente que acreditava nas lendas dos diamantes. São lendas ou superstições que percorrem todos os garimpos e muitas gerações. E esse povo jurava piamente na veracidade desses métodos... Quando se encontrava uma pedra, engolia-se a pedra e, se no dia seguinte aparecesse nas primeiras fezes, era porque a pedra prestava. Se não aparecesse ou demorasse a aparecer, podia-se jogar a pedra fora. Tinha muita gente que avaliava as pedras assim desse jeito. Confiando nas lentes dos intestinos. Lentes essas que deviam ser bem fortes.

Estava anoitecendo. Joel achou que seria de bom augúrio caminhar para o barraco, antes que a noite chegasse de todo e começassem a surgir as sombras.

Quase sempre descobria um dos garimpeiros que o espreitava. Não podia se distrair nem deixar de viver numa eterna guerra de nervos. Caminhava ligeiro. Se por acaso eles o atacassem, nem sequer poderia defender-se. Não tinha revólver nem faca. E seriam quatro homens contra um, inerme. Por certo eles quereriam que a sua morte fosse lenta. Cada golpe de chibata seria descontado. Cada gemido, cada lágrima de que fora o causador teria sua paga de um modo atroz. E ele tinha pedido ao capitão benevolência por esses camaradas. Se bem que tivesse pedido de um modo falso, para reforçar a sua história. Quase todas as noites acordava sobressaltado, banhado em suores frios. Chegou ao barracão. Os companheiros tinham preparado a boia. Comeu. Depois os dois saíram. Joel tinha ficado só. Deitou-se na rede, mas não acendeu o cigarro. Tinha até medo de fumar. Olhou para fora do barraco. A noite era toda noite. As sombras inundavam tudo. No céu, uma nesga de lua nova crescia. Ouviu que caminhavam na estrada, em direção ao rancho. E não era animal. Era gente. Um vulto enorme postou-se à porta do barracão. Ele conheceu imediatamente quem dava boa-noite. Conheceu aquele corpão, aquela voz. Parecia sonho. Mas era Gregorão.

– Num tem ninguém aí?

Teve vontade de não falar. Tinha vontade de na vida nunca mais encontrar-se com Gregorão. Não respondeu.

– Boa noite, de casa. Tô cansado e o senhô podia me dá posada por hoje aqui?

Não resistiu. Ficou com pena dele, como nos outros tempos. Disfarçou a voz.

– Pode entrar.

Gregorão entrou. Tirou o buxo enorme das costas.

– O senhô permite que eu acenda o fogo?

– Pode, sim.

Joel levantou-se. Gregorão riscou um fósforo. Deu com Joel que sorria. Ficou apatetado. Quando recobrou a calma, tinha os olhos cheios d'água. Pôde apenas balbuciar grotescamente.

– Menino...

Joel abraçou-se com o amigo. Agora tinha alguém em quem confiar. Tinha um amigo.

– Menino, pra que é que tu foi embora? Tenho te procurado por todo canto.

– Mas agora... Grego, você me achou.

De repente comoção estranha sentiu. Provavelmente devido às horas de insônia, de pavor e de bebedeira. E começou a chorar. Eram os nervos que se partiam. Chorou como uma criança.

– Que é isso, Menino?

– Eles querem me matar, Grego. Querem, sim. Eles vão me matar.

– Num tá vendo que eu num deixo. Ninguém qué matá você não. Eu agora tou aqui.

Depois veio a calma. Joel botou comida para Gregorão. Gregorão estava com o rosto cansado. Mais velho. Os cabelos mais grisalhos. Mas ainda era Gregorão. Não se cansava de olhar o Menino.

– Tá mais magro, Menino. Tem trabaiado muito? Que negócio de morrê é esse?

– Não vamos falar nisso hoje, Grego. Eu hoje vou dormir sossegado. Porque você voltou. Arme sua rede bem perto da minha. Há dias que eu não durmo direito.

– Você também está cansado. Precisa dormir. – Apagaram o fogo e a candeia. Joel admirou-se como o destino consegue juntar duas pessoas que jamais teriam de se encontrar.

De noite acordou com Gregorão debruçado na sua rede, com um fósforo aceso. Provavelmente o amigo recordara e pensando que era sonho viera verificar se de fato tinha encontrado o Menino.

Capítulo Nono

NOITE DE LUA

Amanheceu. Joel levantou-se e sacudiu a rede de Gregorão.

– Bom dia, Grego. Dormiu bem?

– Se drumi. Tô cuma fome de cumê um boi.

– Pois então vou mandar preparar um boi com couro e tudo.

– Vai trabaiá hoje, Menino?

– Claro que não. Vamos conversar um pedaço. Quero saber de novidades.

– Será que é difícil arrumá pra gente trabaiá junto?

– Eu estava pensando nisso. Sabe, Grego, eu pensei uma coisa. Arranjar uma catra de uma hora para outra é duro. Vamos levar uma semana procurando.

– Mais num faiz mal. A gente pode esperá.

– Poder, pode. Mas eu não tenho um mísero tostão. E se deixar de trabalhar, perco o patrão que me dá boia e comida.

– Eu tenho duzentos mil-réis. Chega?

– Chega até para a cachaça.

– Você tá bebendo muito, Menino?

– Agora eu dei para beber.

Joel virou-se para os companheiros de catra e falou:

– Vocês podem falar ao seu Ezequiel que eu não trabalho mais na catra dele. Se ele quiser, pode arranjar alguém para me substituir. Mais tarde eu vou falar com ele.

Depois os companheiros saíram para o trabalho, Joel pôde contar para Gregorão tudo o que se passara. Gregorão estava decepcionado.

– Mais Menino, eles te deixara assim perdido naquelas mata?

– Se deixaram. Foi por isso que eu fiz.

– Eu nunca pensei que tu também fizesse o mesmo. Pru que você feiz assim?

– Não sei, Gregorão, mas eu não sou o mesmo. Tinha de fazer, de me vingar.

– Bem, já que feiz, tá feito. Agora então devera de tê deixado o capitão matar logo eles. Se a gente num tomá coidado, eles te mata mesmo.

– Tem outra coisa, Grego. Você aqui tem que andar muito na linha. Por que o capitão é macho pra burro. E eu sou cotado com ele.

– Tu pensa, Menino, desde aquele dia que eu quebrei o cabaré da Juju e tu se foi, nunca mais bebi, nem briguei. Só fiz uma coisa. Fiquei te percurando por tudo quanto era raio de garimpo. Cheguei a ir até Marabá. Depois vortei. Pensei que tu tivesse ido pra casa. Vim aqui sem esperança arguma de te encontrá. E onde eu menos pensava, vou batê bem naquele rancho que tu ficou.

– Mas a vida é assim mesmo. Agora que nós estamos juntos de novo, tudo vai dar certo.

– Mais, Menino, num vai embora não. Promete que se você fô de novo me chama pra eu podê também ir?

– Tá certo, Grego, eu juro como irei pra todo canto que você for. Nós nunca mais vamos nos separar. Está bom assim?

– Tá mesmo, Menino. Eu sei que quando você diz, num diz mentira.

Uma semana depois arranjaram uma catra para trabalhar. Agora ambos trabalhavam contentes. E além do mais, a catra era boa e esperançosa. Podia até... Joel ia para todo canto que Gregorão ia. Quase nunca se separavam. Tinham em mente arranjar algum dinheiro para procurar outro garimpo. A catra, apesar de nova, já atingira a profundidade de 45 palmos. Começara a surgir a mancha do cristal leitoso. Depois do leitoso, veio o mocororô[42]. Apareceu então o cascalho. Agora era quase certo de uma hora para outra rebentar o manchão do cristal. E rebentaria da terra, o cristal. Como é bom quando a picareta descobre a forma bruta do bicho. Às vezes, ele vem emburrado. Cristal A, cristal B. Sai pedra de quilo, pirâmide, e acontece também, quando a pessoa é feliz, dar um bamburro de muitos contos.

A forma da catra de ambos era muito boa. Se a catra não ficasse tão longe, o trabalho seria até suave. Depois que o garimpo adquire a velha forma, o trabalho, por mais brutal e inconcebível, torna-se suave.

Quinze dias se passaram sem que nada de anormal viesse acontecer. Parecia até que os garimpeiros haviam se esquecido da vingança. Por certo eles conheciam Gregorão. Nem que fosse de fama e ficaram receosos. De fato Joel não os via há muito tempo. Nada de anormal acontecia. Somente a lua no céu engordava de maneira extraordinária. No dia seguinte seria lua cheia. Quando a lua começava a fortificar-se no céu, os garimpos reviviam suas noites encantadoras. O violão voltava a gemer dentro da noite. Homens jogavam baralho ensebado ao clarão da lua. E as biraias cobriam-se com as sedas mais bonitas para percorrerem as ruas ou dançarem nos cabarés. Amanhã era mais uma noite de lua.

No dia seguinte também nada aconteceu. Mas quando veio a noite... E a lua surgiu por trás do monchão do garimpo

---

42. Grandes blocos de pedra que anunciam a breve aparição do bom cristal. O mocororô é prenúncio de felicidade.

como se fosse uma enorme bolacha de fogo; tudo mudou. E a vida ficou mais cheia de vida.

Gregorão estava cansado. Joel não sentia a menor indisposição. A catra puxava pelo braço de ambos. Mas Joel não se cansara. Em dois dias era quase certo aparecer o cristal. Outros passaram anos dentro de uma catra e nada acharam. Entretanto, os dois, com quinze dias de trabalho apenas, iam colher os frutos da sorte.

Gregorão deitou-se na rede.

– Você vai sair, Grego?

– Não, Menino. Tô mesmo cansado.

– Está ficando velho, Grego.

– Será, Menino?

– Brincadeira, marroeiro.

– Você vai saí?

– Vou, sim, Grego. Eu pensei numa coisa. A lua está muito bonita e o tempo pouco frio. Vou aproveitar a noite e cavar na catra, um pouco.

– Num faça isso, Menino. Você trabaiou o dia todo. Deve tá cansado.

– Ora, marroeiro. Você aqui está vendo é marra. Você ouve o barulho das picaretas? Tem é gente trabalhando no monchão. Todo esse povo tem uma catra esperançosa como a nossa. É bom mesmo que eu vá cavar um pouco. Quem sabe se eu não topo com o fio do cristal? E quanto mais cedo a gente sair desse garimpo, melhor.

– Pois entonce vai só. Eu tô morrendo de cansaço.

– Então até logo, Grego.

– Veja se não demora muito pur lá.

Joel apanhou a picareta e a pá, jogou-as por cima do ombro e lá se foi. A catra, sem exagero, era a mais distanciada da redondeza. Havia outras naquele monchão. Mas ninguém trabalhava nelas. Joel tomou o caminho do garimpo. Três sombras esgueiraram-se na sua retaguarda.

A lua estava maravilhosa. Clareava tudo. Não fazia economia de luz. Joel trabalhava sem camisa. O tronco reluzente e suado. Estava tão imbuído no seu trabalho que nem sequer notou que três homens se aproximavam. Uma banda da barreira despencou sobre a bancada. Joel virou-se para onde vinha o desmoronamento. Em pé, começando a descer a catra, surgiram três homens que não passavam de Dico, Samuel e Zequinha.

– Custou, hem moço? Mas nós dissemo que vinha. Ou mais cedo ou mais tarde.

Joel foi descendo a picareta aos poucos. Não havia jeito de fuga. Eles obstavam a saída da catra. E estavam armados.

– Agora tu vai pagá, e muito devagazinho, cada chicotada que a gente recebeu.

Os três tiraram a camisa ao mesmo tempo. A luz da lua clareou três corpos bronzeados e retalhados de cicatrizes.

– Nós sofremo muito, moço. E ainda falta um de nóis. É Henrique. Esse num pode mais se levantá pur sua causa. Mas nós se encarrega de você por ele.

– Vocês foram covardes em me abandonar na selva, desarmado. Ao menos sejam homens e briguem um a um comigo.

– Nós num fomo covarde. Você se perdeu porque quis. E nós num veio pra brigá e sim pra lhe matá de um jeito horrive.

– Você já disse isso uma vez, quando eu fiquei perdido nas selvas e eu não morri.

– Mas antes tivesse murrido. Porque lá a morte era mais carma.

Foram-se acercando. Joel foi-se afastando para mais dentro da catra.

– Agora nego, tu num escapa.

Samuel tinha um rebenque em cada mão. Ouviu-se uma voz do lado de fora.

– Aquele que tocá no Menino morre.

Era Gregorão.

Capítulo Décimo

A FUGA

Logo que Joel saiu, uma sonolência pesada começou a pendurar-se nos olhos de Gregorão. Parecia que pelas pestanas dele subiram quilos de balança, obrigando-as a derrearem. Adormeceu. Estava de fato muito cansado. De repente acordou sobressaltado, como se tivesse ouvido um grito do Menino que o chamava.

Olhou a rede do lado. Estava vazia. O Menino não viera ainda. Teria dormido muito ou o Menino se demorava demais? Um pressentimento enorme invadiu-o. Por que deixara que ele fosse trabalhar assim de noite? Nem se lembrava dos garimpeiros. Estava tão cansado que nem sequer pensava nisso. Ergueu-se de um salto, procurou a guaiaca com o revólver; só tinha carga para duas vezes. Doze balas somente. Talvez fosse precisar de mais.

Correu para o monchão. A lua, no céu, continuava o seu itinerário, indiferente. Chegou-se à beira da catra. Descortinou o que já supusera. No momento em que, de revólver em punho, gritara, já a mão de Samuel descarregara os primeiros golpes, produzindo gilvazes no rosto de Joel.

O sangue começara a lavar o rosto do Menino. Gregorão enlouqueceu. Ficou mais alucinado ao ver sangue do que as próprias piranhas. E foi matando, atirando. Zequinha tombou de lado. Samuel caiu, firmando nas paredes da catra, agonizando. Dico, vendo-se perdido, sacou rapidamente do revólver e atirou em Joel. Joel, com a rapidez de um gato, pulou de banda. Mas a bala atingiu em cheio a coxa direita. Também foi o último crime. A última maldade de Dico. Ele agora devia estar passeando pela eternidade. Joel encostara-se apatetado na bancada da catra. Ali estavam três homens mortos. Ele assistira às mortes e fora o causador delas. Gregorão chamou-o. Ele ignorava que o Menino estivesse ferido. Joel voltou à realidade. Agora tinham que fugir.

— Vamos, Menino. Antes que a polícia cumece a chegá. Eles vão levá duas horas pra descobrir onde foi os tiro e chegá até aqui. Depois inté achá a nossa pista a gente vai tê umas quatro horas de vantage na nossa fugida.

— Tenho a certeza que eles só vão começar a procurar a gente amanhã. Polícia é bicho preguiçoso, e depois, eles vêm com cuidado porque pensam que nos estamos armados.

— É mesmo. Por onde nós deve ir, Menino?

— Pela estrada, até chegar em Três Lagoas. Eles procurarão a gente do lado de cá, pensando que a gente se embrenhou nas selvas. Nunca irão pensar que a gente tenha o topete de fugir pela estrada. Ninguém tentara isto.

— Não acha que é perigo?

— Vamos arriscar, Grego. Assim, até que eles deem pelo engano e mesmo que eles venham montados, nós já alcançamos o Rio do Coco. Na passagem do Joaquim Cirilo, pegamos a canoa e vamos rio abaixo. Só existe uma canoa. E quando eles abrirem os olhos nós já estamos em Santa Maria e lá já é Pará.

— É mesmo, Menino; você sabe pensá as coisas direitinho.

Tomaram a direção da estrada. Nem sequer podiam voltar ao rancho.

A perna de Joel começava a doer horrivelmente. Mas não queria demonstrar a Gregorão que estava ferido. Havia de aguentar. Não queria atrapalhar a fuga.

— Nós precisamo é de uma coisa. Disvirá a ropa pelo lado do avesso[43]. Se a gente disvirá, eles pode pegá a gente, mas é sem vida.

— Você acredita nisso, Grego?

— É verdade sim. Tenho visto uma porção de causo assim. Mas cadê a tua camisa?

— Ficou lá na catra. Eu tava trabalhando sem ela.

— Menino, que maluquice de ir trabalhá de noite...

— Como foi que você descobriu que eles queriam me matar?

— Sonhei. Corri lá.

— Se você não chega tão depressa, essa hora eu era um montão de carne esmagada, de tanto apanhar. Eu estou com o rosto em fogo.

— Tá cum ele cheio de vergão. Mas isso passa. Num fica nem vergão.

— Essa é a segunda vez que você chega na minha vida, num momento de grande necessidade.

— Num faz mal não. Eu fiquei satisfeito de tê salvo você.

— Mas você matou três homens, Grego.

— Que é que tem? Eu já matei tantos... Treis num faz deferença.

•••

O Capitão Gil conversava sentado na sua preguiçosa, defronte à delegacia, onde morava. Ouviram os tiros.

— Morte na certa.

---

43. Superstição comum aos criminosos. Com a roupa pelo avesso, jamais o criminoso é capturado com vida.

– Esse povo não me dá descanso. Já não bastam os crimes dos Piauís.

– Aqui não há jeito. É proibido vender balas e carregar revólveres, não obstante não se passa um dia em que não haja um crime.

– Tomara eu ver-me livre disso aqui. Tenente, por favor, mande-me chamar o Sargento Ventura. Coitado. Esse sargento não descansa. Ainda bem não descansou dos Piauís, já tem nova encrenca.

– Mas ele é o único homem capaz disso. Macho cem por cento.

Sem ele a polícia andaria de mãos atadas. Passaram a noite em pesquisas. Descobriram os três corpos na catra. Dico ainda vivia. Contou agonizando o que acontecera. Morreu envenenando.

– Foi ele... sim... o rapaz... matou... Ele e um companheiro grande...

O Sargento Ventura constatou.

– Viu, Capitão? O senhor confiou tanto naquele moço... Se ele não tivesse alguma culpa, não fugiria...

– Mas você vai buscá-lo e vamos ver o que se passou de fato.

– Vou preparar uma escolta, e tenho que trazê-lo vivo ou morto.

– É preciso mesmo, Sargento Ventura. A polícia anda um pouco desacreditada com a história dos Piauís. Faça tudo, leve os homens que quiser, mas traga-me esses homens de qualquer jeito.

A escolta de quatorze homens entrou de selva adentro. Dera certo o que Joel calculara. O Sargento Ventura, durante dois dias, bateu mato, sem encontrar pista alguma.

– Não, eles foram por outro lado.

– Já sei. Tomaram pela estrada. Calcularam que ninguém ia desconfiar que tivessem coragem de ir pela estrada...

– É isso mesmo.

– E como acertaram. Aquele rapaz é de fato muito inteligente. Não viu como ele embromou o capitão?...

Voltaram. Arrearam animais e começaram a cavalgar em direção de Três Lagoas.

•••

Os cálculos de Joel dariam certo se não acontecesse algo desagradável.

No segundo dia, caminhava selva adentro quase sem poder. A perna doía-lhe horrivelmente. Há dois dias que andavam quase sem parar. Tinham chegado em Três Lagoas, mas ninguém quisera dar abrigo. Era perigoso abrigar gente que fugia. Entraram selva adentro. Agora, que a polícia deveria estar no verdadeiro encalço, que devia ter dado pelo logro, era preciso que rompessem a selva o mais rápido possível. Tinham que alcançar a passagem de Joaquim Cirilo. Deviam evitar os ranchos de moradores, porque a notícia de crimes percorre o sertão com rapidez enorme. Eles deviam já saber por algum viajante. Tinham era que romper mesmo a selva. A comida era pouca. A farinha e a carne-seca tinham que ser regradas. Eles não podiam desperdiçar um único tiro dos oito que restavam. Nem mesmo com caça. Quando a carne acabasse, Gregorão teria que apanhar palmitos de babão ou gariroba, que amargavam muito, mas alimentavam bastante.

Joel gemeu para Gregorão:

– Grego, não é moleza, não, mas não posso mais andar. Minha perna...

– É o jeito que não passa, Menino?

– Não, Grego, eu menti. Não é jeito, não. Eles me acertaram.

Joel sentara-se. Gregorão rasgou a calça com a ponta da faca. A perna estava arroxeada. O sangue coagulara. Lá estava o buraco do projétil. A carne estava queimada em volta.

– Vou te carregá nas costas até o riacho que tem bem ali. Precisamo lavá isso e amarrá. Pruque você num falô, Menino?

– Não queria atrasar a nossa marcha.

– Você tá com febre. Deve tê sufrido muito. Coitado do Menino!

– Nada, Grego; você devia era me abandonar aqui. Eu não posso andar mais. Vou morrer mesmo. Você tá bom, Grego. Fuja antes que a polícia venha.

– Você qué assim, meu filho?

– Que é isso, Grego? É a primeira vez que você me chama de filho...

– Você pra mim deve sê muito mais do que filho. Antigamente eu tinha um filho...

– Ele deve ser parecido comigo, não é?

– É sim.

– Mas, Grego, você nunca me contou?...

– Era um segredo triste da minha vida.

– Grego, você devia era fugir mesmo. Eu estou perdido...

– Não, Menino. Isso eu nunca fazia. Você num se alembra que nós combinamo ir para onde fosse, junto?

– Mas eu não pensei que fosse acontecer isso.

– Num tá vendo que eu prefiro morrê de lepra do que deixá você aqui?

Suspendeu Joel nas costas imensas, como se os 68 quilos do rapaz nada significassem. Levou-o para o ribeirão – lavou a ferida, rasgou uma tira da camisa e atou-a bem apertada.

– Agora tá melhor?

– Tá, Grego; mas eu não posso caminhar.

– Eu lhe levo nas costa.

– Mas você não pode.

– Só se eu num fosse Gregorão.

– Mas nós vamos atravessar um pedaço duro da selva... E você morre de fazer força, Grego...

– Vamo... Essa noite a gente pode drumi. A gente tá bem dois dia de diantera dos puliça.

Continuaram mata adentro. As vestes de Gregorão estavam rasgadas de tanto espinho e macambira. Verdadeiros rasgões surgiram também no peito, nas pernas e nos braços. Joel conhecia bem aquele sofrimento. Entretanto Gregorão parecia nada sentir. E carregava um peso de 68 quilos nas costas! Parecia que Grego encarnava o Sansão da Bíblia, transportando as portas de Gaza sem o mínimo esforço.

Passaram o dia e só se alimentaram de palmito e água.

Veio a noite. Resolveram parar. Era preciso que descansassem. A lua, que ainda era grande e bonita, subiu aos céus.

Capítulo Décimo Primeiro

PIRANHA

Amanhã nóis chega na passagem de Joaquim Cirilo.

– Você tá cansado, hem marroeiro?

– Um mucadinho. A gente pega a canoa e desce o Rio do Coco abaixo. Quando chegá a Santa Maria, a gente vai ao dotô e você fica bom da perna.

– Você tá todo machucado. E eu sei que esses machucados doem à beça.

– Dói um pouco. Mas aposto que dói menos do que essa perna sua.

– Você reparou como a minha perna cada vez fica mais roxa? E mais inchada?

– Isso é assim mesmo.

– Não, Grego. Meu velho é médico e eu já vi casos assim como o meu. Acabam, se a gente tiver sorte, cortando a perna.

– Qual o quê. Isso fica bonzinho cumo estava.

– Você já pensou o que vamos fazer quando sairmos dessa encrenca?

– Vamos continuar descendo? O Pará é grande mesmo. A gente pode apanhá borracha. Ou então castanha. Quando o povo se esquecê disso, a gente vorta pros lado da Baliza.

– Você gosta mesmo da Baliza... Parece que não se esquece de lá.

– Eu só gosto de duas coisa no mundo.

– Já sei: a Baliza e eu.

– Mas é mesmo.

– Você se lembra, Grego, quando você me encontrou?

– Lembro. E você se lembra quando me contava história de coisas bonita?

– A história dos gregos?

– Sim. Eu nem compreendia muito dereito não. Mas você falava tão bunito.

– E você ficou muito contente quando eu o chamei de Grego.

– Cumo era mesmo o nome do home que eu era parecido?

– Era um gigante chamado Hércules.

– O home que matou as cobra, eu me alembro.

Joel riu-se interiormente. Contara a lenda de Hércules numa linguagem bem simples. E para Gregorão, Hércules era apenas um homem que matara cobras. Bem-aventurados os simples.

– Que é isso, Menino, você tá tremendo?

– Estes dias eu tenho andado com um frio tremendo.

– É purquê você tá assim sem camisa. Veste essa aqui. Tá rasgada de espinho mas esquenta.

– Não, Grego, não quero. Você também sente frio...

Depois a febre foi aumentando. Gregorão viu que Joel não passava bem. Era da perna. E se o Menino morresse? Falava e ele nem respondia. Começou a delirar. Às vezes pedia água. Gregorão deitou a cabeça do Menino no seu colo e passou a noite velando, encostado num pé de imburana. O sol clareou o dia. Ele não dormira. O Menino melhorara. Levantou a cabeça.

– Tá melhor não?

– Estou tonto, Grego.

– Vamo tratá de caminhá. Hoje tá bom pra gente chegá até a passage, antes do meio-dia.

– Eu não quero ir mais, Grego. Tanto faz morrer aqui como mais adiante.

– Isso passa. Daqui a pouco, tudo passa. Se você num qué ir, eu também fico.

Ouviu-se um tiro ao longe.

– Ouviu, Menino?

– Parece um tiro.

– São eles. Mas tão bem umas cinco léguas longe da gente. Vamo andá.

– Isso, eles vieram de cavalo, até Três Lagoas. Agora vêm direitinho no nosso rastro.

– Mas num pega a gente não.

Gregorão tornou a colocar Joel sobre as costas e caminhou. Tinha o busto enorme, nu, desafiando os espinhos e os cipós. Caminharam quase duas horas. Ouviram um tiro mais próximo. Provavelmente os soldados estavam atirando com o fito de amedrontá-los. Pensavam que assim fazendo eles se renderiam.

– Eles estão muito mais perto. Gregorão, a gente tem que chegar logo na passagem senão eles pegam a canoa antes de nós.

– Daqui a uma hora nós chegamo na passagem e num há meganha que agarre a gente.

Chegaram, finalmente, perto do Rio do Coco. Bastavam uns cem metros e eles alcançariam a passagem. Ouviram outro tiro.

– Eles estão a menos de dois quilômetros.

– Que diabo eles têm que andá tão depressa?

– Eles não estão carregando o peso que você está.

Chegaram finalmente à passagem de Joaquim Cirilo.

O Rio do Coco estava ali. Tinha uns oitenta metros de largura. Apesar da seca, o Rio do Coco, nem no inverno, quando vem a seca e as águas descem, dá vau. Tem sempre uma canoa para transporte de gente de uma margem para outra.

Por infelicidade a canoa estava na outra margem.

– Olhe, Grego. A canoa está do outro lado.

– E esta foi ruim...

– Agora nós estamos perdidos...

Ouviu-se mais um tiro. A polícia estava mais perto. Sargento Ventura queria pegar o rapaz a todo custo. E vinha numa fúria louca por dentro da selva.

– Não! Ele pega mas é otro. Eu vô busca a canoa. Fique sentado aí. Tome o revorve e se vié gente, toque bala. Num instante eu atravesso esse rio.

Mergulhou. E só se via as grandes braçadas espadanando água. De vez em quando Gregorão estacava, mas continuava nadando. Devia ser, pensava Joel, da água entrando nos ferimentos.

Gregorão atingiu a outra margem cambaleando. Soltou a canoa.

"Coitado! Ele deve está morrendo de cansaço. Que touro!"

Gregorão vinha remando, como se quisesse cair dentro da canoa. Remava num esforço sobre-humano. Aproximou-se da margem. Era todo uma chaga. Não tinha mais estômago nem intestinos. Era todo uma chaga. Tinha um buraco no lugar deles.

Tinham sido as piranhas. Piranha vermelha que ali abunda. Piranha que não pode ver sangue. Piranha vermelha não perdoa.

•••

A polícia estava perto. Não havia tempo a perder. Se demorassem mais dez minutos seriam presos.

Joel estava horrorizado. Gregorão estava lavado em sangue. Não tinha mais carne. Tudo nele era um buraco.

As piranhas vermelhas não perdoam. A canoa esperava na margem. Gregorão, cambaleando, suspendeu Joel nos braços que ainda eram fortes. Desceu a barranca e colocou-o na canoa. Tentou empurrar a canoa para o meio do rio. Joel compreendeu a sùa intenção. Agarrou-se chorando ao pescoço de Gregorão.

– Eu não quero ir, Grego. Nós prometemos ficar sempre juntos. Deixe-me morrer com você. Eu também não escapo. Por amor de Deus...

Gregorão viu que o Menino não o deixaria. Mas era preciso que ele se salvasse. Soltou os braços que se lhe prendiam ao pescoço. Soqueou bem em cheio o rosto de Joel. A cabeça do Menino pendeu inerte. Gregorão tinha os olhos cheios d'água. Mas o Menino deveria se salvar. Tinha uma família que o abraçaria a qualquer hora que chegasse. Tinha que se salvar. Gregorão tirou um cordão de ouro que sempre trazia ao pescoço e passou-o em volta do pescoço de Joel; era uma lembrança dele que ficava. Depois reuniu as forças que já começavam a faltar. Beijou na testa o Menino que era como o seu filho e empurrou a canoa para o meio do rio. A embarcação tomou o centro da correnteza. Agora o Menino estava salvo. Só havia uma canoa. E a polícia estava mais que esgotada para persegui-lo pela selva, caminhando. A canoa derivando na corredeira do Rio do Coco chegaria longe. Quando o Menino acordasse, continuaria descendo para Santa Maria. E lá já era Estado do Pará. Gregorão voltou para a margem e sentou-se debaixo dum pé de simbaíba. Agora tinha chegado a sua vez. Sabia que ia morrer. As forças fugiam do seu corpo de gigante. Devia ser a perda de muito sangue. Olhou para o seu tórax. Que buraqueira! Quanto sangue! Mas não doía nem um pouco.

Levantou os olhos. Havia uma espécie de gaze nos seus olhos que ele não sabia bem explicar se era sono ou tontura.

Fez um esforço e conseguiu divisar ainda a canoa que descia veloz ao sabor da correnteza. Sorriu feliz.

A polícia se aproximava. Tirou o revólver da guaiaca e tateou seis balas.

Ouviu que o mato se abria adiante... Era a polícia. Mas a mão não teve mais força para atirar. O revólver tombou no mato ensanguentado. Ouviu que diziam assim:

– Esse a gente nunca podia pegar com vida. Ele tem a roupa pelo avesso.

Os olhos foram-se-lhe fechando numa doce sonolência. Sentiu-se transportado para um mundo diferente. Era uma gente esquisita com cara de santo. Não era propriamente de santo, mas era uma gente apática e insensível. Gente que nem se comovia, nem mesmo quando ele contou o tiroteio que fizera na Baliza:

– Aí eu peguei no cospe-fogo e foi teco-teco-teco... teleco-teco, aliás mais um t-e-c-o.

•••

E Banana Brava? Banana Brava continua. Todos sabem que os Piauís vão voltar e ela terá o fim que merece. Um fim de fogo. Será um mar de chamas. Um fim selvagem que destrua, que apague, que reduza a cinza e a pó todos os crimes, todos os sacrifícios, todas as misérias e lágrimas, todos os sonhos e ambições...

E um dia talvez, quem sabe, uma voz se levantará e rebentará comovida da garganta de um seu Inácio ou de um seu Dioz: "O sertão agora é nosso." E quem olhar para o campo de cinza e pó onde foi Banana Brava se lembrará sem saudade dos homens sem piedade que partiram para devastar novos campos como as formigas e gafanhotos quando dão nas roças. Só o sertanejo tem razão. Ali nasceu, ali viveu e ali morrerá. Banana Brava teve a verdadeira existência da banana brava. Banana brava, banana que não dá fruta. Banana Brava... Garimpo... Pó.

•••

E Joel? Ah!, Joel... Uns caçadores que caçavam perto de Santa Maria umas treze léguas antes encontraram uma canoa vazia. Vazia propriamente, não. Dentro havia manchas de sangue e um cordão de ouro. Provavelmente, ao voltar a si, o Menino relembrou os fatos. E cumpriu como verdadeiro garimpeiro o pacto que fizera com Gregorão. Atirou-se sem piedade às piranhas vermelhas.

Os caçadores olharam para a canoa, olharam para o sangue, mas não tocaram no cordão de ouro.

– Tu qué ele, Manecão?

– Eu? Deus me porteja. Isso é coisa maluda! Cruiz!

– Só temo uma coisa que fazê.

E todos pensaram do mesmo jeito. Manecão jogou o cordão de ouro no meio d'água. A água estremeceu em círculo, escondendo no seu seio aquela mensagem de sangue. A maldição encontrara um túmulo.

José Mauro de Vasconcelos nasceu em 26 de fevereiro de 1920, em Bangu, no Rio de Janeiro. De família muito pobre, teve, ainda menino, de morar com os tios em Natal, capital do Rio Grande do Norte, onde passou a infância e a juventude. Aos 9 anos de idade, o garoto treinava natação nas águas do Rio Potengi, na mesma cidade, e tinha sonhos de ser campeão. Gostava também de ler, principalmente os romances de Paulo Setúbal, Graciliano Ramos e José Lins do Rego, sendo estes dois últimos importantes escritores regionalistas da literatura brasileira.

Essas atividades na infância de José Mauro serviriam de base para uma vida inteira: sempre o espírito aventureiro, as atividades físicas e, ao mesmo tempo, a literatura, o hábito de escrever, o cinema, as artes plásticas, o teatro – a sensibilidade e o vigor físico. Mas nunca a Academia de Letras, nunca o convívio social marcado por regras e jogos de bastidores. José Mauro se tornaria um homem brilhante, porém muito simples.

Ainda em Natal, frequentou dois anos do curso de Medicina, mas não resistiu: sua personalidade irrequieta impeliu-o a voltar para o Rio de Janeiro, fazendo a viagem a bordo de um navio cargueiro. Uma simples maleta de papelão era a sua bagagem. A partir do Rio de Janeiro, iniciou uma peregrinação pelo Brasil afora: foi treinador de boxe e carregador de banana na capital carioca, pescador no litoral fluminense, professor primário num núcleo de pescadores em Recife, garçom em São Paulo...

Toda essa experiência, associada a uma memória e imaginação privilegiadas e à enorme facilidade de contar histórias, resultou em uma obra literária de qualidade reconhecida internacionalmente: foram 22 livros, entre romances e contos, com traduções publicadas na Europa, nos Estados Unidos, na América Latina e no Japão. Alguns de seus livros ganharam versões para o cinema e teatro.

A estreia ocorreu aos 22 anos, com *Banana Brava* (1942), que retrata o homem embrutecido nos garimpos do sertão de Goiás, no Centro-Oeste do Brasil. Apesar de alguns artigos favoráveis dedicados ao romance, o sucesso não aconteceu. Em seguida, veio *Barro Blanco* (1945), que tem como pano de fundo as salinas de Macau, cidade do Rio Grande do Norte. Surgia, então, a veia regionalista do autor, que seguiria com *Arara Vermelha* (1953), *Farinha Órfã* (1970) e *Chuva Crioula* (1972).

Seu método de trabalho era peculiar. Escolhia os cenários das histórias e então se transportava para lá. Antes de escrever *Arara Vermelha*, percorreu cerca de 3 mil quilômetros pelo sertão, realizando estudos minuciosos que dariam base ao romance. Aos jornalistas, dizia: "Escrevo meus livros em poucos dias. Mas, em compensação, passo anos ruminando ideias. Escrevo tudo à máquina. Faço um capítulo inteiro e depois é que releio o que escrevi. Escrevo a qualquer hora, de dia ou de noite. Quando estou escrevendo, entro em transe. Só paro de bater nas teclas da máquina quando os dedos doem".

A enorme influência que o convívio com os indígenas exerceu em sua vida (costumava viajar para o "meio do mato" pelo menos uma vez por ano) não tardaria a aparecer em sua obra.

Em 1949 publicava *Longe da Terra*, em que conta sua experiência e aponta os prejuízos à cultura indígena causados pelo contato com os brancos. Era o primeiro de uma extensa lista de livros indigenistas: *Arraia de Fogo* (1955), *Rosinha, Minha Canoa* (1962), *O Garanhão das Praias* (1964), *As Confissões de Frei Abóbora* (1966) e *Kuryala: Capitão e Carajá* (1979).

Essa produção resultou de uma importante atividade que o ainda jovem José Mauro exerceu ao lado dos irmãos Villas-Bôas, sertanistas e indigenistas brasileiros, enveredando-se pelo sertão da região do Araguaia, no Centro-Oeste do país. Os irmãos Villas-Bôas – Orlando, Cláudio e Leonardo – lideraram a expedição Roncador-Xingu, iniciada em 1943, ligando o Brasil interior ao Brasil litorâneo. Contataram povos indígenas desconhecidos, cartografaram terras, abriram as rotas do Brasil central.

O livro *Rosinha, Minha Canoa*, em que contrapõe a cultura do sertão primitivo à cultura predatória e corruptora do branco dito civilizado, foi o primeiro grande sucesso. Mas a obra que alcançaria maior reconhecimento do público viria seis anos depois, sob o título *O Meu Pé de Laranja Lima*. Relato autobiográfico, o livro conta a história de uma criança pobre que, incompreendida, foge do mundo real pelos caminhos da imaginação. O romance conquistou os leitores brasileiros, do extremo Norte ao extremo Sul, quebrando todos os recordes de vendas. Na época, o escritor afirmava: "Tenho um público que vai dos 6 aos 93 anos. Não é só aqui no Rio de Janeiro ou em São Paulo, mas em todo o Brasil. Meu livro *Rosinha, Minha Canoa* é utilizado em curso de português na Sorbonne, em Paris".

O que mais impressionava à crítica era o fato de *O Meu Pé de Laranja Lima* ter sido escrito em apenas 12 dias. "Porém estava dentro de mim havia anos, havia 20 anos", dizia José Mauro. "Quando a história está inteiramente feita na imaginação é que começo a escrever. Só trabalho quando tenho a impressão de que o romance está saindo por todos os poros do corpo. Então, vai tudo a jato."

O Meu Pé de Laranja Lima já vendeu mais de dois milhões de exemplares. As traduções se multiplicaram: *Barro Blanco* foi editado na Hungria, Áustria, Argentina e Alemanha; *Arara Vermelha*, na Alemanha, Áustria, Suíça, Argentina, Holanda e Noruega; e O *Meu Pé de Laranja Lima* foi publicado em cerca de 15 países.

Vamos Aquecer o Sol (1972) e *Doidão* (1963) são títulos que junto com O *Meu Pé de Laranja Lima* compõem a sequência autobiográfica de José Mauro, apesar de o autor ter iniciado a trilogia com o relato de sua adolescência e juventude em *Doidão*. *Longe da Terra* e *As Confissões de Frei Abóbora* também apresentam elementos referentes à vida do autor. No rol das obras de José Mauro incluem-se, ainda, livros centrados em dramas existenciais – *Vazante* (1951), *Rua Descalça* (1969) e *A Ceia* (1975) – e outros dedicados a um público mais jovem, que discutem questões humanísticas – *Coração de Vidro* (1964), *O Palácio Japonês* (1969), *O Veleiro de Cristal* (1973) e *O Menino Invisível* (1978).

Ao lado do gaúcho Erico Verissimo e do baiano Jorge Amado, José Mauro era um dos poucos escritores brasileiros que podiam viver exclusivamente de direitos autorais. No entanto, seu talento não brilhava apenas na literatura.

Além de escritor, foi jornalista, radialista, pintor, modelo e ator. Por causa de seu belo porte físico, representou o papel de galã em diversos filmes e novelas. Ganhou prêmios por sua atuação em *Carteira Modelo 19*, *A Ilha* e *Mulheres e Milhões*. Foi também modelo para o Monumento à Juventude, esculpido no jardim do antigo Ministério da Educação, no Rio de Janeiro, em 1941, por Bruno Giorgi (1905-1993), escultor brasileiro reconhecido internacionalmente.

José Mauro de Vasconcelos só não teve êxito mesmo em uma área: a Academia. Na década de 1940, chegou até a ganhar uma bolsa de estudo na Espanha, mas, após uma semana, decidiu abandonar a vida acadêmica e correr a Europa. Seu espírito aventureiro falara mais alto.

O sucesso do autor deve-se, principalmente, à facilidade de comunicação com seus leitores. José Mauro explicava: "O que atrai meu público deve ser a minha simplicidade, o que eu acho que seja simplicidade. Os meus personagens falam linguagem regional. O povo é simples como eu. Como já disse, não tenho nada de aparência de escritor. É a minha personalidade que está se expressando na literatura, o meu próprio eu".

José Mauro de Vasconcelos faleceu em 24 de julho de 1984, aos 64 anos.

Dados Internacionais de Catalogação na Publicação (CIP)
(Câmara Brasileira do Livro, SP, Brasil)

Vasconcelos, José Mauro de, 1920-1984
  Banana brava / José Mauro de Vasconcelos. – 2. ed. São Paulo:
Editora Melhoramentos, 2019.

ISBN: 978-85-06-08421-2

1. Romance brasileiro I. Título.

19-26266   CDD-B869.3

Índices para catálogo sistemático:
  1. Romances: Literatura brasileira B869.3

Cibele Maria Dias – Bibliotecária – CRB-8/9427

Edição revisada conforme o Acordo Ortográfico da Língua Portuguesa
Projeto e diagramação: APIS design
Textos de apresentação: Dr. João Luís Ceccantini e Luís da Câmara Cascudo

© José Mauro de Vasconcelos

Direitos de publicação:
© 1969 Cia. Melhoramentos de São Paulo
© 2019 Editora Melhoramentos Ltda.
Todos os direitos reservados.

2ª edição, agosto de 2019
ISBN 978-85-06-08421-2

Atendimento ao consumidor:
Caixa Postal 729 – CEP 01031-970
São Paulo – SP – Brasil
Tel.: (11) 3874-0880
www.editoramelhoramentos.com.br
sac@melhoramentos.com.br

Impresso no Brasil